Les écrivains contre la Commune

À Jean-Marie Goulemont

Introduction

Le 18 mars 1871, éclate à Paris une révolution populaire qui, le 28 mai 1871, après une guerre civile sans merci, s'achève par la défaite de la Commune de Paris et une incroyable répression : 30 000 hommes, femmes et enfants sont exécutés, souvent à la mitrailleuse, en moins de huit jours par les forces de l'ordre. On compte près de 37 000 arrestations, plus de 13 000 condamnations.

Cet écrasement impitoyable de la Commune indique assez que la société s'est sentie gravement menacée et ébranlée jusqu'en son tréfonds. Il y a eu une véritable panique des « honnêtes gens » menacés par ces « barbares ». Ce sujet va pendant longtemps absorber tous les esprits.

On compte au catalogue de la Bibliothèque nationale 298 publications consacrées à l'Insurrection pour les années 1871-1873 [1].

L'opinion bourgeoise veut se venger de la peur qu'elle a éprouvée. Elle va accumuler les accusations hystériques et les violences de langage contre les communards.

Dans cette attaque, un rôle de choix est réservé aux hommes de lettres. C'est cette réaction d'un groupe donné, les hommes de lettres, en face de cet événement violent et soudain, que nous étudierons. Nous nous efforcerons de dégager les principaux caractères de cette réaction et nous esquisserons les explications qu'on peut en donner.

Pourquoi choisir un moment violent comme la Commune

1. Cf. Jacques ROUGERIE, *Les Communards,* Paris, coll. « Archives », Julliard éd., 1965, p. 58.

de 1871 ? Parce qu'il s'agit justement d'un moment privilégié durant lequel l'écrivain néglige les précautions et la réserve qu'il adopte en temps ordinaire. L'événement sert de miroir grossissant et révélateur. Ce qui, dans une situation normale, n'existe que sous des formes peu apparentes ou voilées, éclate à ce moment-là de façon spectaculaire.

Ce travail permettra de révéler aussi une masse de textes aujourd'hui à peu près complètement ignorés. Autant la littérature communarde est encore maintenant vivante et étudiée, autant la littérature anticommunarde semble être l'objet d'un oubli pudique et général. Or elle est intéressante parce qu'elle révèle des aspects méconnus de la personnalité et des idées de nombreux écrivains qui remettent parfois en question l'image que l'on s'en fait aujourd'hui.

L'étude de cet échantillon significatif peut être enfin l'occasion de mettre en valeur les caractères de la littérature politique de droite et d'en démonter certains mécanismes.

I

Comment expliquer l'attitude hostile des écrivains devant la Commune de Paris

Face à l'événement historique brusque qu'est une révolution, mouvement violent remettant en cause toute l'organisation sociale, l'homme de lettres ne peut rester impassible, aussi indifférent soit-il aux questions politiques.

Il est même amené à réagir à l'événement à un double titre :

— En tant qu'homme se rattachant à une classe donnée, soit par sa naissance, soit par son mode de vie, soit par ses options politiques et sociales.

— En tant qu'artiste, dans la mesure où la conception qu'il se fait de son art est liée à un certain état de la société et suppose une organisation sociale donnée, dans la mesure aussi où les valeurs prônées par le mouvement révolutionnaire entrent en contradiction avec ses propres valeurs, ou au contraire sont susceptibles de les développer.

Devant la brusque secousse que représente la Commune de Paris de mars 1871, les écrivains vont presque tous réagir. Et leur réaction est quasi unanime.

A l'exception de Vallès, de Rimbaud, de Verlaine, de Villiers de L'Isle-Adam qui sympathisent plus ou moins avec la Commune, de Victor Hugo qui adopte une attitude de neutralité durant l'événement, puis qui condamne sévèrement les Versaillais lors de la répression, tous les autres écrivains notables prennent position ouvertement contre la Commune, les uns de façon modérée, la plupart avec une virulence qui surprend aujourd'hui.

Cette presque unanimité amène à s'interroger sur les écrivains de cette époque, sur leurs idées et leurs convictions politiques et littéraires.

1

Conditions historiques, politiques et sociales depuis 1848

C'est de la révolution de 1848 qu'il faut partir pour comprendre les écrivains de cette époque. 1848, ce sont deux événements :

— D'abord l'irruption du peuple à l'avant-scène politique et la démonstration de son immaturité politique à ce moment, en même temps que la conscience, dans les classes dirigeantes, des dangers qu'il constitue pour l'équilibre social bourgeois.

— En second lieu, c'est l'engagement des écrivains dans la lutte politique, qui est suivi d'une profonde désillusion.

En 1848, les écrivains sont entraînés dans un mouvement général d'enthousiasme, à l'exception de quelques-uns, comme Gautier qui devait confier en 1870 aux Goncourt les motifs de son hostilité [1] :

> « Je suis une victime des révolutions. Sans blague ! Lors de la révolution de Juillet, mon père était très légitimiste, il a joué à la hausse sur les Ordonnances de Juillet : vous pensez comme ça a réussi ! Nous avons perdu toute notre fortune, 15 000 livres de rentes. J'étais destiné à entrer dans

1. GONCOURT, *Journal*, 20 octobre 1870.

> la vie en heureux, en homme de loisir ; il a fallu gagner sa vie. [...] Enfin, après des années, j'avais assez bien arrangé mon affaire, j'avais une petite maison, une petite voiture, deux petits chevaux. Février met tout ça à bas... »

Ils descendent dans la rue. Lamartine, Sand, Hugo jouent un rôle important. Vigny sollicite un poste de député aux élections de 1848 ; Leconte de Lisle, jeune républicain gagné aux idées socialistes, prend l'initiative des pétitions qui aboutissent à l'abolition de l'esclavage ; nommé délégué du Gouvernement provisoire en Bretagne, il entreprend une tournée de propagande révolutionnaire. Baudelaire fonde un journal révolutionnaire avec Champfleury. Il s'agite au milieu de la foule, répétant : « Il faut aller fusiller le général Aupick ! » Bouilhet, l'ami de Flaubert, pose sa candidature aux élections législatives, et Flaubert lui-même pense à se faire nommer secrétaire d'ambassade [2].

Cependant ils allaient souvent transporter dans l'arène politique leur idéalisme, croyant qu'il suffit d'aller aux masses et de leur dire la vérité pour que celle-ci apparaisse lumineusement et que règne un gouvernement du Beau, du Vrai et du Juste.

Cette confrontation avec les masses et l'action est pleine de déceptions. Leconte de Lisle, lors d'une de ses conférences à Dinan, est presque lapidé par la foule et doit se dérober en sautant par les fenêtres.

La réaction ne se fait pas attendre :

> « Que l'humanité est une sale et dégoûtante engeance ! Que le peuple est stupide ! C'est une éternelle race d'esclaves qui ne peut vivre sans bât et sans joug. Aussi ne sera-ce pas pour lui que nous combattrons encore, mais pour notre idéal sacré. Qu'il crève donc de faim et de froid, ce peuple facile à tromper qui va bientôt se mettre à massacrer ses vrais amis [3] ! »

Et un an plus tard :

> « Comment l'artiste ne voit-il pas que tous ces hommes voués aux brutalités de l'action, aux divagations *banales*, aux rebâchages éternels des mesquines et pitoyables théories

---

2. Maxime Du Camp, *Souvenirs littéraires*, Paris, Hachette éd., 1882, t. I, p. 376.
3. Dinan, 30 avril 1848, lettre à Louis Ménard.

> *contemporaines* ne sont pas pétris du même limon que le sien ? [...] La grossièreté de leurs sentiments, la platitude et la vulgarité de leurs idées ne le blessent-elles point ? La langue qu'ils parlent est-elle semblable à la sienne ? Comment peut-il vivre, lui qui était l'homme des émotions délicates, des sentiments raffinés et des conceptions lyriques, au milieu de ces natures abruptes, de ces esprits ébranchés à coup de hache, toujours fermés à toute clarté d'un monde supérieur [4] ? »

On trouve la même désillusion chez Vigny qui obtient un nombre de voix dérisoire lors de sa tentative électorale et chez Lamartine qui, en décembre 1848, recueille aux élections présidentielles 18 000 voix contre 5,5 millions au prince Napoléon.

C'est une désaffection et une incompréhension mutuelles entre l'artiste et le peuple. L'écrivain va tirer les leçons de cette triste expérience. La période de l'action politique directe, des discours sur le forum est achevée. L'artiste se replie sur lui-même et entend désormais se consacrer exclusivement à son art.

Leconte de Lisle semonce son ami Louis Ménard, resté fidèle à son idéal d'action politique :

> « Vas-tu passer ta vie à rendre un culte à Blanqui qui n'est ni plus ni moins qu'une sorte de hache révolutionnaire, hache utile en son lieu, je le veux bien, mais hache enfin ! Va ! Le jour où tu auras fait une belle œuvre, tu auras plus prouvé ton amour de la justice et du droit qu'en écrivant 20 volumes d'économie [5]. »

Quelques années plus tard, l'évolution est complètement achevée. Leconte de Lisle renonce même au rôle éducatif et agitateur de l'art :

> « La poésie réalisée dans l'Art n'enfantera plus d'actions héroïques, elle n'inspirera plus de vertus sociales [6]... »

Son cas est intéressant car c'est l'un de ceux qui s'était le plus enthousiasmé et le plus engagé.

Mais, en dehors même de leurs échecs politiques, beaucoup d'écrivains sont bientôt effrayés par le mouvement autonome

---

4. Paris, 7 septembre 1849, lettre à Louis Ménard.
5. Leconte de Lisle, lettre à Louis Ménard, 7 septembre 1849, Paris.
6. Leconte de Lisle, préface à la 1re édition des *Poèmes antiques*, 1852, p. 7.

du prolétariat, notamment durant les journées de juin 1848. A. de Tocqueville analyse ainsi l'insurrection :

> « Ce qui la distingua encore parmi tous les événements de ce genre qui se sont succédé depuis soixante ans parmi nous, c'est qu'elle n'eut pas pour but de changer la forme du gouvernement, mais d'altérer l'ordre de la société. Elle ne fut pas, à vrai dire, une lutte politique (dans le sens que nous avions donné jusque-là à ce mot) mais un combat de classe. »

Vigny fut à ce point terrifié que, pendant plusieurs années, il crut « qu'il lui fallait tenir en armes les gens de sa maison, car les communistes menaçaient sa vie et voulaient enfoncer sa porte [7] ».

Enfin, de nombreux écrivains se voient touchés dans leurs intérêts matériels. Vigny craint de perdre une hypothèque, constate une baisse de ses droits d'auteur et une chute du cours des eaux-de-vie qu'il distillait lui-même dans son domaine.

Comme le note P. Flottes, « le coup d'Etat satisfaisait en lui le rentier ou le littérateur menacés dans leurs biens » [8].

Pour d'autres écrivains, l'évolution fut encore plus rapide. Flaubert et Maxime du Camp partent pour l'Orient, les frères Goncourt font un tour du monde, Renan effectue un voyage de huit mois en Italie. L'agitation révolutionnaire de Baudelaire ne fut qu'un feu de paille sans lendemain. Ce repli sur soi, cette fuite vers l'Orient ou vers le passé, toutes ces manifestations traduisent la réaction désillusionnée des écrivains. On la retrouvera avec le mouvement de l'art pour l'art.

En résumé, ce mouvement aura deux effets chez les écrivains : il en résulte une vision pessimiste et peu flatteuse des masses populaires ; d'autre part, un mépris et un dégoût pour l'action politique.

Flaubert exprime sans doute ses sentiments lorsqu'il placera ces paroles dans la bouche de Bouvard et de Pécuchet faisant le bilan des années 1848-1852 :

> « Veux-tu savoir mon opinion ? dit Pécuchet. Puisque les bourgeois sont féroces, les ouvriers jaloux, les prêtres serviles, et que le Peuple enfin accepte tous les tyrans, pourvu qu'on lui laisse le museau dans sa gamelle, Napoléon a bien fait ! qu'il le bâillonne, le foule et l'extermine ! ce ne sera jamais

7. P. Flottes, *La Pensée politique et sociale de Vigny*, p. 298.
8. *Op. cit.*, p. 295.

trop pour sa haine du droit, sa lâcheté, son ineptie, son aveuglement ! »

Bouvard songeait :

— Hein, le Progrès, quelle blague !

Il ajouta :

— Et la Politique, une belle saleté !

— Ce n'est pas une science, reprit Pécuchet. L'art militaire vaut mieux, on prévoit ce qui arrive, nous devrions nous y mettre ?

— Ah ! merci ! répliqua Bouvard. Tout me dégoûte. Vendons plutôt notre baraque et allons au Tonnerre de Dieu, chez les sauvages [9] ! »

Une deuxième date importante est celle du coup d'Etat de Louis Napoléon et de l'avènement du régime impérial.

L'écrivain est écarté de la vie active dans la mesure où il adopte une attitude critique ou indépendante vis-à-vis de l'Empire. Il ne peut manifester son opposition que par l'exil (Hugo) ou le silence hautain. Michelet est chassé de l'enseignement, George Sand s'installe dans son refuge de Nohant, Lamartine en est réduit à de basses besognes littéraires.

La presse, avec le décret du 17 février 1852, avait reçu son statut, qui lui retirait la liberté. C'est la fin de la presse vraiment littéraire et le développement de la presse boulevardière nourrie de potins et de reportages mondains. C'est pendant vingt ans une dépolitisation croissante, le « calme plat ».

Les écrivains, sans foi politique, vieillissants, s'accommodent peu à peu de l'ordre existant, en poursuivant leur œuvre. Certains, devant l'avenir politique qui semble sans perspectives, finissent par se compromettre. Vigny se rallie à l'Empire et, jusqu'à sa mort en 1863, il attend que l'empereur lui offre une place de sénateur. A cette fin, il se désavoue et, lors de la reprise de *Chatterton* en 1853, il procède à de nombreuses suppressions pour plaire à l'empereur.

On découvrira après l'Empire que Leconte de Lisle, le républicain, figure sur la liste qu'on publie des « mendiants de

9. G. Flaubert, *Bouvard et Pécuchet*, Garnier éd., pp. 221-222.

Badinguet », c'est-à-dire de ceux qui touchaient une pension de l'Empire. A partir de 1864, il se rallie tacitement et touche désormais jusqu'à la fin de l'Empire 300 francs par mois de la cassette du prince.

On ne peut vivre impunément près de vingt ans sous un régime bonapartiste sans en être marqué, sans finalement y être intégré, même si l'on garde un esprit critique.

En fin de compte, les écrivains les uns après les autres recherchent les honneurs, la gloire, la considération auprès des élites du nouveau régime. Ils se rendent aux Tuileries, à Compiègne, à Saint-Cloud. Les salons, les dîners, l'Académie sont d'importants facteurs d'intégration.

Il est un salon surtout qui a servi de lien entre les écrivains et l'Empire, c'est celui de la princesse Mathilde, nièce de Napoléon III, rue de Courcelles ou à Saint-Gratien, pendant la belle saison. Ce salon permettait aux écrivains de rallier en fait l'Empire tout en gardant bonne conscience et en croyant faire partie de l'opposition. Mais il s'agissait d'une opposition à l'intérieur du cadre impérial, le côté frondeur et indépendant de la princesse Mathilde étant finalement assez secondaire. Cette opposition se réduisait à une ou deux plaisanteries et à des idées indépendantes sur l'art. Edmond de Goncourt s'en rend parfaitement compte lorsqu'il écrit dans son *Journal* :

> « Ah ! Princesse, vous ne savez pas quel service vous avez rendu aux Tuileries, combien votre salon a désarmé de haines et de colères, quel tampon vous avez été entre le gouvernement et ceux qui tiennent une plume. Mais Flaubert et moi, si vous ne nous aviez pas achetés, pour ainsi dire, avec votre grâce, vos attentions, vos amitiés, nous aurions été, tous deux, des éreinteurs de l'Empereur et de l'Impératrice [10] ! »

Dumas fils, Flaubert, Gautier, les Goncourt, Renan, Sainte-Beuve, Taine fréquentèrent son salon.

Cette course aux honneurs gagne ceux qui se prétendent les plus indépendants. Théophile Gautier, qui se veut indifférent aux questions politiques, brûle d'obtenir son entrée à l'Académie française. Voilà le portrait féroce qu'en donnent les Goncourt :

> « C'est étonnant comme cet homme se férocise et prend une muflerie cruelle dans la faveur et les grâces officielles.

10. GONCOURT, *Journal*, vendredi 13 novembre 1874.

La courtisanerie exaspère sa basse nature et il présente en ce moment, pour ses amis, l'affligeant et blessant spectacle des abaissements les plus bas, des courtisaneries les plus viles [11]... »

Ce sont donc des écrivains entièrement domestiqués que l'on trouve à la fin de l'Empire. Il se dégage de ce milieu une atmosphère d'ennui et de médiocrité dont certains, tels les Goncourt, ont conscience :

« Il nous vient un mépris, un dégoût pour les dîneurs de Magny. Penser que c'est là la réunion des esprits les plus libres de la France !

[...] Quelle absence de personnalité, de tempérament ! Chez tous, quelle peur bourgeoise de l'excessif, de l'idée de demain ! [...] Ce sont tous des domestiques de l'opinion courante, du préjugé qui a force de loi, d'Homère ou des principes de 1789, des Prudhommes distingués et lettrés [12]... »

Déçus par l'action politique, blasés, sceptiques, repliés dans le monde des lettres, intégrés par les salons, les dîners (chez Magny, chez Brébant), par la recherche des honneurs et des distinctions, ayant acquis une réputation littéraire pour la plupart, tous ces écrivains sont en majorité des vieux en 1871, des « fossiles » dira Flaubert : George Sand a 67 ans, Barbey d'Aurevilly 63 ans, Gautier 60 ans, Gobineau 55 ans, Leconte de Lisle 53 ans, Flaubert 50 ans.

D'autres approchent de la cinquantaine : Edmond de Goncourt, Banville, Renan, Dumas fils.

Et, plus que leur âge, tous se sentent usés ; ce n'est plus une jeune génération enthousiaste comme en 1830 ou en 1848. Ces vingt ans d'Empire ont fait de tous ces écrivains des hommes de droite. Ceux qui étaient de « gauche » (selon la terminologie actuelle) en 1848 sont de « droite » en 1871 (Sand, Leconte de Lisle, etc.) ; ceux qui étaient modérés ou apolitiques sont devenus ouvertement de droite. Il se dégage une philosophie commune à la plupart de tous ces grands écrivains. Les correspondances, les discussions chez la princesse Mathilde, les dîners chez Brébant, chez Magny, semblent avoir provoqué une imprégnation, une tonalité uniforme. Ce sont ces idées qu'il va s'agir d'examiner.

---

11. Goncourt, *op. cit.*, 31 mars 1869.
12. Goncourt, *op. cit.*, 6 juin 1865.

2

Écrivains et classes sociales

I. Le bourgeois.

Extérieurement, le « bourgeois » semble être l'ennemi privilégié des écrivains, l'objet permanent de leur mépris et de leurs railleries.

Ce portrait du bourgeois est une création des milieux légitimistes. Marx, dès 1848, dans le *Manifeste,* montre que l'aristocratie, par sa situation historique, était particulièrement apte à dénoncer les vices du système nouveau qui l'avait dépossédée du pouvoir. Il reconnaît que cette critique « amère, mordante et spirituelle frappait la bourgeoisie au cœur ».

Ainsi, en 1834, le vicomte de Villeneuve-Bargemont, ancien préfet de Charles X, publie son *Economie politique chrétienne* dans laquelle il dénonce la bourgeoisie en ces termes :

> « Nous avons vu apparaître cette nouvelle féodalité toute bardée d'or, de vanité et d'importance ; c'était le luxe des anciens seigneurs, moins l'élégance et la dignité. »

En 1835, c'est surtout le succès de *Chatterton,* de Vigny, qui va fournir pour toute la période à venir le modèle du bourgeois.

Ce modèle, John Bell, est à la fois dur, grossier, insolent, parvenu et satisfait. Vigny l'oppose en tous points à Chatterton, le poète écrasé par le pouvoir de l'argent :

> « L'homme spiritualiste étouffé par une société matérialiste, où le calculateur avare exploite sans pitié l'intelligence et le travail [1]. »

Cette opposition du bourgeois et du poète sera reprise par tous les écrivains, aristocrates ou non. Mais elle va perdre peu à peu son sens social pour prendre une signification éthique et esthétique au fur et à mesure qu'elle sera employée par des écrivains bourgeois. Le terme de « bourgeois » devient l'injure suprême dans la bouche de la bohème dorée, des Jeune-France :

> « En langage romantique, bourgeois signifiait l'homme qui n'a d'autre culte que celui de la pièce de cent sous, d'autre idéal que la conservation de sa peau, et qui, en poésie, aime la romance sentimentale et, dans les arts plastiques, la lithographie coloriée [2]. »

Alors que Vigny dénonçait le gros industriel exploitant à la fois ses ouvriers et le poète, le terme tend à se réduire à la figure du parvenu vulgaire et sans culture, à la caricature de « l'épicier ». Taine le peint comme un petit bourgeois sans goût :

> « Vide de curiosités ou de désirs, incapable d'invention ou d'entreprise, confiné dans un petit gain ou dans un étroit revenu, il économise, s'amuse platement, ramasse des idées de rebut et des meubles de pacotille, et pour toute ambition, songe à passer de l'acajou au palissandre [3]. »

Définition bien restrictive, à l'opposé de l'acception très large que Gautier donne à ce terme :

> « Les bourgeois, c'était à peu près tout le monde, les banquiers, les agents de change, les notaires, les négociants, les gens de boutique et autres, quiconque ne faisait pas partie du mystérieux cénacle et gagnait prosaïquement sa vie [4]. »

---

1. A. de Vigny, *Dernière nuit de travail* (préface de Chatterton).
2. T. de Banville, *Commentaire des Odes funambulesques,* Paris, 1878.
3. H. Taine, cité par J. Defrasne et M. Laran, *Le Monde de 1848 à 1914,* Hachette éd., p. 44.
4. T. Gautier, *Histoire du romantisme,* pp. 153-155.

Quant à Flaubert, il emploie aussi le terme dans une opposition pour le moins paradoxale :

> « Je comprends dans le mot de bourgeois, les bourgeois en blouse comme les bourgeois en redingote. C'est nous, et nous seuls, c'est-à-dire les lettrés, qui sommes le peuple ou, pour parler mieux : la tradition de l'humanité [5]. »

Toutes ces définitions, souvent confuses et contradictoires, s'accordent cependant sur un point : lorsque Gautier, Banville, les Goncourt, Flaubert, Renan, etc., s'insurgent contre le bourgeois, ce n'est pas contre l'ordre économique de la société bourgeoise mais contre les mœurs, la bassesse, l'utilitarisme, la trivialité et le conformisme du « mode de vie » bourgeois ; contre cette société qui ne sait pas apprécier leurs œuvres à leur juste valeur et fait l'éloge des « drames et romans honnêtes » des Emile Augier, Ponsard, Dumas fils, Octave Feuillet.

Mais cette révolte contre « le bourgeois » est inconsistante, et ne débouche pas sur le plan pratique. En effet, les écrivains considèrent que les forces sociales qui remettent en cause la société bourgeoise sont encore plus dangereuses que le bourgeois.

Il s'agit donc pour eux d'exprimer leur révolte de façon symbolique et non de la traduire sur le plan politique. On l'exprime par des idées paradoxales qui « épatent le bourgeois », par ses habits, sa tenue, par la bêtise bourgeoise que l'on décrit dans les livres, par le refuge surtout dans la tour d'ivoire.

Leur révolte est contradictoire : s'ils dénoncent cet ordre bourgeois rangé et monotone, il leur est pourtant nécessaire pour assurer leur création artistique. Flaubert déclare à ce sujet :

> « Je soutiens, et ceci doit être un dogme pratique de la vie d'artiste, qu'il faut faire de son existence deux parts : vivre en bourgeois et penser en demi-dieu. Les satisfactions du corps et de la tête n'ont rien de commun [6]. »

Dès lors, cette critique du « bourgeois », héritée des milieux légitimistes, et qui se situe à l'intérieur du cadre économique et social bourgeois, ne débouche absolument pas sur une sympathie pour les classes populaires.

5. G. FLAUBERT, lettre à G. Sand, mai 1867.
6. G. FLAUBERT, *Correspondance II*, p. 295. (Cité par A. CASSAGNE, *La théorie de l'art pour l'art.*)

II. Le peuple et la bohème.

L'expérience de 1848 a laissé aux écrivains une vision terrifiante et décevante du peuple. Seuls des groupes minoritaires, en marge de la société, ne participant donc pas aux luttes politiques, peuvent s'attirer la compréhension des écrivains. Vigny assimilait la classe maudite et méprisée des nobles aux hommes de couleur d'Amérique. Flaubert, lui, se sent une affinité pour un groupe de Bohémiens :

> « Je me suis pâmé il y a huit jours devant un campement de bohémiens qui s'étaient établis à Rouen. [...]
> L'admirable, c'est qu'ils excitaient la haine des bourgeois, *bien qu'inoffensifs comme des moutons.* [...]
> Cette haine-là tient à quelque chose de très profond et de complexe. On la retrouve chez tous les gens d'ordre. C'est la haine que l'on porte au bédouin, à l'hérétique, au philosophe, au solitaire, au poète, et il y a de la peur dans cette haine. Moi qui suis toujours pour *les minorités,* elle m'exaspère [7]. »

Jamais Flaubert ne s'assimila aux classes populaires, car celles-ci ne sont ni minoritaires, ni originales, ni inoffensives « comme des moutons ».

La vision du peuple est globale et systématique. Comme le déclarait Leconte de Lisle [8], « le peuple est stupide. C'est une éternelle race d'esclaves qui ne peut vivre sans bât et sans joug ». Il n'existe alors aucun contact entre les écrivains et le peuple. Voilà les termes qu'Edmond de Goncourt emploie pour qualifier le peuple :

> « Le peuple, la canaille si vous voulez, a pour moi l'attrait des populations inconnues et non découvertes, quelque chose de l'exotique que les voyageurs vont chercher avec mille souffrances dans les pays lointains [9]. »

De même, quatre ans plus tard, il affirme :

> « On ne saura jamais avec notre timidité naturelle, notre malaise au milieu de la plèbe, notre horreur de la canaille,

7. G. Flaubert, lettre à G. Sand, mai 1867. (Souligné par nous.)
8. Cf. page 13.
9. Goncourt, *Journal,* 3 décembre 1871.

combien le vilain et laid document avec lequel nous avons construit nos livres nous a coûté. [...]

Mais l'attirant de ce monde neuf, [...] a quelque chose de la séduction d'une terre non explorée pour un voyageur [10]... »

Ce témoignage est pourtant rapporté par les écrivains qui, les premiers parmi ceux de leur époque, ont fait du peuple le centre de leurs romans (cf. *Germinie Lacerteux*), qui se sont rendus dans les quartiers populaires, dans la zone des barrières pour l'étudier.

En effet, si l'on prend les romans de la période du Second Empire, quelles classes et quels types y voit-on représentés ? Essentiellement la bourgeoisie, la petite bourgeoisie, le « pion », l'artiste et le bohème, les fonctionnaires (Flaubert), les aristocrates (Barbey d'Aurevilly, Sand), les paysans (Sand). L'ouvrier et l'artisan sont à peu près absents, en dehors des descriptions des Goncourt et de Zola, à partir de la fin de l'Empire. Lorsqu'il apparaît, l'ouvrier n'est guère sympathique d'ailleurs (Gantruche dans *Germinie Lacerteux* : ivrogne, jouisseur, sans le sou ; les bonnes stupides et vicieuses, les bals minables de barrière, etc.). Cette distance entre l'écrivain et le peuple, Flaubert la ressent aussi :

« De la foule à nous aucun lien. Tant pis pour la foule, tant pis pour nous surtout. [11] »

Ce fossé qui sépare l'homme de lettres du peuple, cette découverte assimilée par Goncourt à la découverte des peuples sauvages se traduit pour Louis Chevalier par un conflit de type racial :

« Cette identification des ouvriers du faubourg Saint-Antoine et des sauvages est autre chose qu'une audacieuse image. Elle ne fait qu'exprimer un phénomène d'opinion. Sauvages, barbares, nomades, les classes laborieuses sont considérées comme telles [...]. Ces mots communément employés et qui reviennent avec une telle insistance en ces écrits expriment le caractère véritablement racial des antagonismes sociaux à Paris au cours de ces années. C'est en terme de races que les groupes sociaux se considèrent, se jugent et s'affrontent. [12] »

10. GONCOURT, *op. cit.*, 22 août 1875.
11. G. FLAUBERT, lettre à Louis Colet, 24 avril 1852.
12. L. CHEVALIER, *Classes laborieuses et classes dangereuses*, Paris, Plon éd., 1958, p. 518.

Et pour illustrer cette thèse, Louis Chevalier cite de nombreux textes d'Eugène Sue *(Les Mystères de Paris)*, de Jules Janin *(Un hiver à Paris)*, d'Auguste Barbier, de Hugo *(Les Misérables)*. On trouve dans ces textes tout un vocabulaire racial et criminel qui réapparaîtra en 1871. Louis Chevalier montre comment le vocabulaire spécifique pour qualifier le type du criminel, la classe dangereuse, durant la première moitié du XIXe siècle, déborde ce cadre pour en venir à qualifier toute la classe laborieuse parisienne.

C'est donc du milieu criminel traditionnel et pittoresque des classes dangereuses que vient tout un vocabulaire et toute une vision pour décrire les masses populaires :

> « " Barbares ", " sauvages ", " nomades ", ces expressions généralement employées par Sue et par Hugo et qui évoquent les unes et les autres une race primitive, vivant à l'écart des gens civilisés, ne désignent pas seulement les habitants des bas-fonds et de la " grande caverne du mal ", mais un pourcentage élevé de la population parisienne [13]. »

Ces mots pleins d'expressivité, par leur caractère vague, sont évocateurs d'images sauvages, farouches, chargées d'une teneur quasi ancestrale et mythique. Comme le dit Eugène Sue, « les Barbares sont au milieu de nous ». Saint-Marc Girardin allait faire sensation lorsque, dans *Le Journal des débats* d'août 1832 il déclarait :

> « Les Barbares qui menacent la société ne sont point au Caucase ni dans les steppes de la Tartarie, ils sont dans les faubourgs de nos villes manufacturières. Ces barbares, il ne faut point les injurier ; ils sont, hélas, plus à plaindre qu'à blâmer... »

Cela explique l'épouvante qu'éprouvait le bourgeois à de telles évocations. Les écrivains ne peuvent rien attendre de cette masse ignorante. Un ordre meilleur où l'Art trouverait sa juste place ne peut en sortir. Au contraire, tout est à craindre d'une telle masse envieuse et jalouse des élites spirituelles, cherchant à tout ravaler à son niveau :

> « L'idéal de l'Etat, selon les socialistes, n'est-il pas une espèce de vaste monstre, absorbant en lui toute action individuelle, toute personnalité, toute pensée et qui dirigera tout, fera tout ? Une tyrannie sacerdotale est au fond de ces cœurs

13. L. Chevalier, *op. cit.*, p. 19.

étroits : “ il faut tout régler, tout refaire, reconstituer sur d'autres bases ” [14]. »

Les écrivains sentent, au-dessus de leur tête, une menace plus ou moins proche, un cataclysme qui détruira toutes les valeurs pour lesquelles ils vivent. Il leur arrive, par moments, de révéler cette peur qu'ils éprouvent au plus profond d'eux-mêmes. Baudelaire évoque ainsi sa joie de voir un sergent de ville crosser un “ républicain ” dans une émeute :

> « Crosse, crosse un peu plus fort, crosse encore, municipal de mon cœur, [...] car en ce crossement suprême je t'adore et te juge semblable à Jupiter le grand justicier. L'homme que tu crosses est un ennemi des roses et des parfums, un fanatique des ustensiles ; c'est un ennemi de Watteau, un ennemi de Raphaël, un ennemi acharné du luxe et des belles-lettres, iconoclaste juré, bourreau de Vénus et d'Apollon... Crosse religieusement les omoplates de l'anarchiste [15]. »

Dans son livre *Lutèce,* écrit après un voyage à Paris et consacré à cette ville, Henri Heine décrit d'une manière particulièrement angoissée la menace qu'il perçoit :

> « De leurs mains calleuses, ils briseront sans merci toutes les statues de marbre de la beauté si chères à mon cœur, ils détruiront mes bois de laurier pour y planter des pommes de terre. [...] Les roses, ces oisives fiancées des rossignols, auront le même sort ; les rossignols, ces chanteurs inutiles, seront chassés, et hélas ! mon *Livre des chants* servira à l'épicier pour en faire des cornets où il versera du café et du tabac à priser pour les vieilles femmes de l'avenir. Hélas ! je prévois tout cela, et je suis saisi d'une indicible tristesse en pensant à la ruine dont le prolétariat vainqueur menace mes vers qui périront avec tout l'ancien monde romantique [16]. »

Devant cette menace, les écrivains, malgré leur mépris du « bourgeois », sentent la profonde solidarité qui les lie à l'ordre existant. Ils sentent qu'un même péril pèse sur eux, que de nouveaux Barbares vont envahir la Cité et tout ravager sur leur passage.

Mais ces « barbares », cette « populace » bénéficient de

---

14. G. Flaubert, lettre à Louise Colet, 15-16 mai 1852.
15. C. Baudelaire, *Salon de 1846.* (Cité par A. Cassagne, *op. cit.,* p. 81.)
16. Cité par A. Cassagne, *op. cit.,* p. 113.

l'appui d'une autre couche sociale : la bohème littéraire et les déclassés. De même que la bourgeoisie a en face d'elle le prolétariat, les hommes de lettres voient monter et se développer tout un prolétariat littéraire envieux et jaloux de leurs succès et de leur art.

La bohème, à partir des années 1850, n'a plus en effet les caractères de la bohème dorée des années 1820-1840. Ce ne sont plus les jeunes gens s'amusant, attendant que « jeunesse se passe » ; ce ne sont plus les Jeune-France avec leurs gilets rouges et leurs longs cheveux, menant une vie désordonnée et pleine de fantaisie. Ce n'est même pas la bohème de Mürger qui, malgré ses misères, peut encore divertir le bourgeois sans l'effrayer. Pierre Martino, dans son livre sur *Le Roman réaliste sous le Second Empire,* montre bien cette formation d'un prolétariat littéraire qu'il explique par le recrutement des hommes de lettres ne s'effectuant plus uniquement dans la noblesse ou la bourgeoisie. De nombreux jeunes gens pauvres, issus des classes populaires ou de la province, sont tentés par le métier d'écrivain ou de journaliste.

Mais, parallèlement, les conditions mêmes du Second Empire, avec la censure et l'étroitesse de la vie littéraire, ne sont guère favorables à la littérature. Aussi la plupart de ces jeunes, sans argent, devant occuper des métiers occasionnels comme celui de pion, de répétiteur, de journaliste, végètent souvent dans une situation misérable. Ce sont les Vingtras et les Réfractaires de Vallès. Ils font de la politique et s'adonnent aux idées jacobines ou socialistes. Sur le plan littéraire et artistique, leurs goûts sont réalistes. Leurs modèles sont Courbet pour la peinture, Rochefort et Vallès pour le journalisme et la littérature. Les attaques de Vallès contre Homère et les vieux classiques devaient scandaliser les écrivains célèbres. Il existe aussi un fossé entre ces bohèmes et ces mêmes écrivains.

On retrouve à travers tous les romans des Goncourt et leur *Journal* le mépris et la peur de ces déclassés, de cette bohème littéraire. On lit dans le *Journal,* à la date du 5 mars 1865, cette notation :

> « J'ai compris que notre préface à Henriette Maréchal avait tué la pièce. Eh bien, qu'importe ! J'ai la conscience d'avoir dit la vérité, d'avoir signalé la tyrannie des brasseries et de la bohème à l'égard de tous les travailleurs propres, de tous les gens de talent qui n'ont pas traîné dans les caboulots, d'avoir signalé le socialisme nouveau qui dans les Lettres

recommence tout haut la manifestation du 20 mars et pousse son cri de guerre : " A bas les gants ! " »

Et cette remarque à la date du 17 novembre 1868 :

> « C'est peut-être un préjugé, mais je crois qu'il faut être un honnête homme et un bourgeois honorable pour être un homme de talent. J'en juge par Flaubert et par nous et par la comparaison avec les grands hommes de la Bohème, son romancier Mürger, son historien Monselet, son poète Banville. »

On découvre dans *Charles Demailly* les mêmes attaques contre la petite presse infestée de républicains incapables de réussir dans le roman, et dans *Manette Salomon,* où les Goncourt s'en prennent à la bohême de la peinture à travers Anatole Bazoche, éternel blagueur [17] :

> « La Blague du XIXe siècle, cette grande démolisseuse, cette grande révolutionnaire, l'empoisonneuse de foi, la tueuse de respect ; la Blague avec son souffle canaille et sa risée salissante jetée à tout ce qui est honneur, amour, famille, le drapeau ou la religion du cœur de l'homme [18]. »

Chez ce bohème, la misère, l'agitation vaine tuent l'artiste. A travers ces attaques contre la bohème, les Goncourt retrouvent les termes qu'emploie le bourgeois contre l'ouvrier : « les travailleurs propres », « les gens de talent qui n'ont pas traîné dans les caboulots », le fait que l'homme de talent ne peut être qu' « un honnête homme et un bourgeois honorable ». Face à la bohème, le terme de bourgeois devient élogieux.

Tous ces écrivains, en réalité, malgré leur mépris du « bourgeois », mènent exactement une vie de bourgeois et partagent presque tous ses préjugés. En fin de compte, ils ont une vie régulière, rangée, casanière, « bourgeoise » en un mot, tout à l'opposé de ces bohèmes vivant de revenus aléatoires, se dégradant dans des tâches étrangères à l'art.

Ils le déclarent eux-mêmes, ils ont besoin pour créer du calme de la vie bourgeoise. Flaubert à Croisset, les Goncourt à Neuilly, George Sand à Nohant mènent une vie calme, pleine de régularité.

---

17. Cf. le chapitre VII consacré à la « Blague ».
18. GONCOURT, *Manette Salomon,* Paris, Charpentier éd., 1896, pp. 28-29.

Il y a donc lutte véritable entre ces écrivains arrivés et toute cette masse de jeunes « aux dents longues ». Lors de la Commune, les écrivains s'acharneront autant contre le peuple parisien que contre ces déclassés petits-bourgeois qui fourniront plusieurs cadres à l'insurrection.

III. Aristocratie et conception aristocratique de l'art.

Cette double hostilité au « bourgeois » et aux classes populaires s'explique par le fait que ces écrivains sont tournés vers la société aristocratique du passé. Vigny, Barbey d'Aurevilly, les Goncourt, Gobineau, Leconte de Lisle, Renan, Taine, Flaubert sont des aristocrates ou s'identifient au modèle aristocratique. Tous souhaitent une société organisée aristocratiquement où l'artiste trouverait enfin la place qu'il mérite parmi les élites.

Là encore, des écrivains tels que Vigny ont joué un rôle important en élaborant la conception d'une aristocratie nouvelle, celle de l'Esprit, succédant à la noblesse de naissance. A ce modèle, des écrivains d'origine bourgeoise, comme Flaubert ou Taine, pourront s'assimiler.

La société aristocratique est pour eux la seule société naturelle. Le thème de la nature est fondamental chez tous ces écrivains. D'abord parce que la nature donne de la durée une vision cyclique, non historique, ensuite parce qu'elle donne une image de l'harmonie dans l'inégalité.

Les Goncourt, en visite chez un pépiniériste, déclarent :

> « C'est tout nouveau en nous, ce sentiment et cette appréciation de la belle ligne d'une plante, de son art et de son aristocratie, pour ainsi dire : car la nature a, comme l'humanité, ses êtres privilégiés, caressés, auxquels elle donne une beauté spéciale et supérieure [19]. »

Ils avaient déjà écrit :

> « Nul en ce monde n'est le pareil ni l'égal d'un autre. La règle absolue des sociétés, la seule logique, la seule naturelle et légitime, est le privilège. L'inégalité est le droit naturel : l'égalité est la plus horrible des injustices [20]. »

19. Goncourt, *Journal*, 16 avril 1869.
20. Goncourt, *Journal*, 19 août 1868.

Flaubert pense la même chose :

> « Qu'est-ce donc que l'Egalité si ce n'est la négation de toute liberté, de toute supériorité et de la Nature elle-même [21] ? »

Renan utilisera sans cesse l'exemple de la nature pour justifier l'inégalité sociale [22].

Cet aristocratisme qui se dégage des idées politiques de ces écrivains rejoint la conception aristocratique qu'ils se font de l'art et de la culture. Pour eux, l'art ne peut s'épanouir que dans une société aristocratique qui reconnaisse les supériorités naturelles,

> « lesquelles, dit Renan, au fond se réduisent à une seule, celle de la naissance, puisque la supériorité intellectuelle et morale n'est elle-même que la supériorité d'un germe de vie éclos dans des conditions particulièrement favorisées [23] ».

Ce n'est que dans une société hiérarchisée, aristocratique, que les artistes peuvent être reconnus et que leur haute valeur peut être appréciée :

> « Il faut un centre aristocratique permanent, conservant l'art, la science, le goût contre le béotisme démocratique et provincial [24]. »

D'une part, seule cette aristocratie est capable de discerner la valeur exquise et raffinée des choses de l'art, alors que la masse ne peut la comprendre. L'aristocratie est d'abord utile en tant que public, le goût artistique, transmis par hérédité, ne pouvant s'acquérir.

Ce public aristocratique est nécessaire aussi pour Baudelaire :

> « Chez un peuple sans aristocratie, le culte du beau ne peut que se corrompre, s'amoindrir et disparaître [25]. »

En conséquence, il faut, pour que la tradition du beau se perpétue, des gens riches menant une vie noble et oisive.

---

21. G. Flaubert, lettre à Louise Colet du 15-16 mai 1852.
22. Voir plus loin, p. 30.
23. E. Renan, *La Réforme intellectuelle et morale de la France,* 1871, Paris, Calmann-Lévy éd., *Œuvres complètes,* t. I, p. 362.
24. E. Renan, *op. cit.,* p. 376.
25. C. Baudelaire, *Edgar Poe. Sa vie et ses œuvres,* p. 9.

Seule une élite peut comprendre et favoriser des œuvres d'élite.

D'autre part, ce « centre aristocratique » doit « conserver l'art », c'est-à-dire qu'on doit en revenir au mécénat. Ou l'artiste lui-même doit être un aristocrate et avoir des revenus lui permettant de se consacrer tout entier à son art, sans souci des contingences matérielles, ou il doit être sous la protection de l'aristocratie, qui lui assurera son existence. Les exemples de cette conception abondent dans les romans du Second Empire.

Dans *Les Souffrances du professeur Delteil*, de Champfleury, ce malheureux professeur est gêné par la société pour se consacrer à sa création. L'écrivain trouve une solution à la fin du roman : le professeur est pris en charge par une famille riche, et il peut désormais s'adonner à la culture. De même dans *Le Petit Chose*, de Daudet, Jacques décide que son frère sera poète. Pour cela, le « Petit Chose » ne doit pas travailler, son frère gagne de l'argent pour le faire vivre. Le jour où son frère mourra, le « Petit Chose » sera obligé d'abandonner ses projets d'artiste et sera contraint de « vendre de la porcelaine ».

On retrouve constamment ce thème de l'artiste, incapable de rester artiste dans la société de son époque si on ne prend en charge à sa place les soucis matériels de son existence. Cette société aristocratique, Renan la justifie en s'appuyant encore une fois sur l'exemple de la nature :

> « Convertir les uns après les autres, un à un, les deux milliards d'êtres humains qui peuplent la terre !
>
> Y pense-t-on ? L'immense majorité des cerveaux humains est réfractaire aux vérités tant soit peu élevées. [...] Ce n'est pas notre faute s'il en est ainsi. *Le but de la nature*, il faut le croire, n'est pas que tous les hommes voient le vrai, mais que le vrai soit vu par quelques-uns et que la tradition s'en conserve [26]. »

Il continue :

> « Il faut avouer que nous ne concevons guère la grande culture régnant sur une portion de l'humanité sans qu'une autre portion y serve en sous-ordre. L'essentiel est que la grande culture s'établisse et se rende maîtresse du monde. »

26. E. Renan, *Dialogues philosophiques*, 3ᵉ dialogue, Rêves, 1871, dans *Œuvres complètes*, Calmann-Lévy éd., t. I, pp. 606-607. (Souligné par nous.)

Enfin, il affirme cette idée fondamentale :

> « L'essentiel est moins de produire des masses éclairées que de produire de grands génies et un public capable de les comprendre. Si l'ignorance des masses est une condition nécessaire pour cela, tant pis. *La nature ne s'arrête pas devant de tels soucis ;* elle sacrifie des espèces entières pour que d'autres trouvent les conditions essentielles de leur vie [27]. »

Ainsi, non seulement l'inégalité et l'exploitation sont utiles, mais elles sont des conditions indispensables pour qu'un art authentique puisse se développer. L'art exige, à l'image de l'inégalité naturelle, l'exploitation de l'homme par l'homme. L'art est dans son essence aristocratique. Il suppose, selon Renan, que la majorité se livre aux basses tâches matérielles pour qu'une élite oisive puisse s'adonner à l'art et en jouir.

Cette idée de la beauté, produit de l'exploitation, on la trouve illustrée de façon saisissante par un écrivain du XXe siècle : Drieu La Rochelle. Il parle des mains d'une très belle jeune fille :

> « Quand je voyais ses pieds et ses mains, je bénissais la cruauté de sa famille qui depuis trois siècles foulait les Indiens pour assurer la perfection du loisir dans des doigts aussi délicats et fermes [28]. »

La Beauté, quel qu'en soit le prix, est supérieure aux hommes et, si les hommes sont un obstacle, on doit la maintenir contre eux.

Mallarmé déclare aussi :

> « Est-ce que l'homme qui a fait la Vénus de Milo n'est pas plus grand que celui qui sauve un peuple, et ne vaudrait-il pas mieux que la Pologne succombât que de voir cet éternel hymne de marbre à la Beauté brisé [29] ? »

Mais pourquoi la culture ne pourrait-elle d'autant mieux se développer qu'un public croissant y participerait ? Pourquoi le peuple ne peut-il avoir accès à la culture ?

---

27. E. Renan, *op. cit.*, p. 610. (Souligné par nous.)
28. Drieu La Rochelle, *L'Homme à cheval* (cité par Simone de Beauvoir dans l'essai « *La Pensée de droite aujourd'hui* », *Privilèges*, Gallimard éd., p. 161.
29. S. Mallarmé, lettre à Henri Cazalis, 24 juillet 1863.

D'abord, comme Renan l'a dit précédemment, parce que « l'immense majorité des cerveaux humains est réfractaire aux vérités tant soit peu élevées », et que, dans son essence, c'est-à-dire dès sa naissance, elle est vouée aux basses tâches matérielles. Mais aussi parce que la première étape de cette éducation serait l'instruction primaire. Or, à l'heure actuelle, la masse ignorante accepte son état, fait son travail sans penser et sans comprendre ce pour quoi elle le fait. Au contraire, une fois que la population aura reçu l'instruction primaire, pleine de vanité et de présomption, elle n'acceptera plus de se sacrifier pour entretenir une culture supérieure et elle voudra tout niveler à son état. Elle n'aura plus l'abnégation de la population inculte, car elle aura été à moitié éclairée.

Ainsi, faute de pouvoir faire accéder les masses à la culture supérieure, fondée sur la rareté et l'exclusion, il vaut mieux les laisser dans l'ignorance, car une culture sommaire générale impliquerait la disparition de la vraie culture réservée à une minorité. Il n'y a pas de moyen terme :

> « Le grand nombre doit penser et jouir par procuration. [...] La masse travaille, quelques-uns remplissent pour elle les hautes fonctions de la vie ; voilà l'humanité. [...] Quelques-uns vivent pour tous. Si on veut changer, personne ne vivra.[30] »

La véritable grandeur du peuple est donc dans son ignorance sacrée, dans le sacrifice spontané de sa vie pour qu'une élite vive authentiquement.

Voilà la forme la plus extrême, la plus systématique de cette conception aristocratique de l'art que partageaient beaucoup d'écrivains de cette époque. Renan a d'ailleurs écrit ces textes durant la Commune, à Versailles. Ces idées seront reprises avec enthousiasme par les écrivains, et notamment par Flaubert, très influencé par Renan.

Puisque l'art est fondé sur la rareté, sur l'ignorance du peuple et son exploitation, vouloir mettre fin à l'ignorance et à l'exploitation du peuple, c'est vouloir la fin de l'art.

30. E. Renan, *op. cit.*, p. 623.

3

Le refus de l'action politique et le mouvement de l'art pour l'art

A partir du double antagonisme qui a été examiné : désaccord entre les artistes et l'idéal de vie bourgeois, divorce entre les artistes et les masses populaires, on peut maintenant étudier les solutions que les écrivains vont adopter sur les plans politique et artistique. A leur refus de l'action politique va correspondre le mouvement de l'art pour l'art.

I. Le refus de l'action politique.

C'est une conséquence directe des échecs de la période 1848-1852. Les artistes prennent définitivement conscience qu'ils ne peuvent pas diriger les classes populaires pour renverser l'ordre existant et réaliser leurs valeurs.

L'expérience de 1848 leur a montré qu'il y avait eu un malentendu complet, que non seulement le peuple n'avait pas les mêmes objectifs qu'eux, mais que, souvent, leurs objectifs étaient antagoniques.

Dès lors, les écrivains abandonnent l'espoir de transformer l'ordre existant par l'action politique.

Ils vont osciller entre deux points de vue :

— la croyance en la transformation de l'ordre bourgeois de l'intérieur en aidant cet ordre dans la constitution de nouvelles élites, des supériorités intellectuelles ;

— la perte de toute illusion et le repli pessimiste de l'écrivain dans sa tour d'ivoire.

Dans les deux cas, il y a condamnation de l'action politique qui, désormais, n'est plus prônée que par les républicains et les socialistes.

La seconde attitude est la plus fréquente après l'expérience des années 1848-1850. Flaubert, dans une lettre à Louis Bouilhet, écrit :

> « Je me fous dans mon trou et, que le monde croule, je n'en bougerai pas. L'action (quand elle n'est pas forcenée) me devient de plus en plus antipathique [1]. »

Dix-neuf ans plus tard, il est encore plus systématique en parlant d'un ami qui s'est présenté aux élections :

> « Mon ami X... n'a gagné à sa candidature que du ridicule. C'est bien fait. Quand un homme de style s'abaisse à l'action, il déchoit et doit être puni.
>
> « Et puis, est-ce qu'il s'agit de politique, maintenant ? Les citoyens qui s'échauffent pour ou contre l'Empire ou la République me semblent aussi utiles que ceux qui discutaient sur la grâce efficace ou la grâce efficiente. La politique est morte, comme la théologie ! Elle a 300 ans d'existence, c'est bien assez [2]. »

Stéphane Mallarmé de son côté écrit :

> « La sottise d'un poète moderne a été jusqu'à se désoler que " l'Action ne fût pas la sœur du Rêve ". [...] Mon Dieu, s'il en était autrement, si le Rêve était ainsi défloré et abaissé, où donc nous sauverions-nous, nous autres malheureux que la terre dégoûte et qui n'avons que le Rêve pour refuge. O mon Henri, abreuve-toi d'idéal. Le bonheur ici-bas est ignoble. Il faut avoir les mains bien calleuses pour le ramasser [3]. »

On trouverait chez Renan cette même condamnation de l'action :

---

1. G. FLAUBERT, lettre du 4 septembre 1850.
2. G. FLAUBERT, lettre à George Sand, fin juin 1869.
3. S. MALLARMÉ, lettre à Henri Cazalis, 3 juin 1863, *Correspondance* (1862-1871), Gallimard éd.

> « L'homme d'action est toujours un faible artiste, car il n'a pas pour but unique de refléter la splendeur de l'Univers [4]. »

Il y a aussi condamnation de la politique d'un point de vue esthétique. L'action, le trouble politique sont pour eux opposés à l'art. Ce sont deux façons de concevoir le monde, deux visions du monde qui s'excluent. Tout ce qui est donné à l'une est prise à l'autre. L'artiste qui se livre à l'action se détourne de l'art, car le seul objet de l'art doit être le beau, la contemplation du monde et non sa modification.

D'autre part, les périodes d'agitation politique et de troubles révolutionnaires sont néfastes à l'art, détournant les esprits de la contemplation et de la méditation. Goncourt, dans *Manette Salomon,* signale que l'année 1848 fut « dure à l'art » [5].

Flaubert démontre bien cette pensée dans une lettre à Louis Bouilhet [6] :

> « Si en 1852, il n'y a pas une débâcle immense à l'occasion de l'élection du président, si les bourgeois triomphent enfin, il est possible que nous soyons encore bâtis pour un siècle. Alors, lassé de politique, l'esprit public voudra peut-être des distractions littéraires. Il y aurait réaction de l'action au rêve ; ce serait notre jour ! Si au contraire nous sommes précipités dans l'avenir, qui sait la poésie qui doit en surgir ? »

Ainsi, l'excitation imaginative se développe d'autant mieux qu'on est privé de l'action réelle, que la situation est calme, sans passion. Le monde de l'art est bien celui où tout n'est « qu'ordre et beauté, luxe, calme et volupté ».

En conséquence, l'art doit refuser d'être utilitaire, il doit être sa propre fin. Le mouvement de l'art pour l'art est la suite logique de cette attitude.

II. Le mouvement de l'art pour l'art.

Il se développe contre ceux qui invitent l'artiste à se mettre au service d'une cause, à rendre son art « utile » en prenant

4. E. Renan, *Saint Paul.* (Cité par A. Cassagne, *La Théorie de l'art pour l'art,* p. 228.)
5. Goncourt, *Manette Salomon,* Paris, Charpentier éd., p. 117.
6. G. Flaubert, lettre du 4 septembre 1850.

la défense de l'ordre existant ou au contraire en mettant sa plume au service du peuple.

Dans le premier cas, il s'agit de glorifier les valeurs bourgeoises. Des écrivains comme Scribe, Ponsard, Dumas fils feront l'apologie de la richesse, des bonnes mœurs et critiqueront l'adultère. Maxime Du Camp, avec ses *Chants modernes,* fera l'éloge de la vapeur, de la locomotive et des institutions bancaires. Feuillet et Sandeau écriront des romans honnêtes où s'épanouissent les thèmes de la morale traditionnelle et du juste milieu.

Dans le second cas, on invite l'écrivain à moraliser les masses et à les instruire dans les principes républicains et socialistes. Selon les saint-simoniens, l'art doit avoir un rôle civilisateur et social.

Flaubert, dans *L'Education sentimentale,* se moque de ces théories qu'il met dans la bouche du révolutionnaire Sénécal :

> « Sénécal protesta. L'Art devait exclusivement viser à la moralisation des masses ! Il ne fallait reproduire que des sujets poussant aux actions vertueuses ; les autres étaient nuisibles. [...]
>
> — Non ! monsieur, vous n'avez pas le droit de m'intéresser à des choses que je réprouve. Qu'avons-nous besoin de laborieuses bagatelles dont il est impossible de tirer aucun profit, de ces Vénus, par exemple, avec tous vos paysages ? Je ne vois pas là d'enseignement pour le peuple ! Montrez-nous ses misères, plutôt ! Enthousiasmez-nous pour ses sacrifices !
>
> Eh ! bon Dieu, les sujets ne manquent pas : la ferme, l'atelier [7]... »

Mais, dès 1835, Théophile Gautier avait fourni la « Bible » du mouvement de l'art pour l'art avec sa *Préface à Mademoiselle de Maupin,* où il raille tous les critiques utilitaires :

> « Non, imbéciles, non, crétins et goitreux que vous êtes, un livre ne fait pas de la soupe à la gélatine ; un roman n'est pas une paire de bottes sans couture ; un sonnet, une seringue à jet continu ; un drame n'est pas un chemin de fer, toutes choses essentiellement civilisantes, et faisant marcher l'humanité dans la voie du progrès [8]. »

7. G. Flaubert, *L'Education sentimentale,* Livre de poche, p. 72.
8. T. Gautier, *Anthologie des préfaces de romans français du XIXe siècle,* Julliard éd., p. 167.

L'art n'est pas contingent, historique, il est porteur de valeurs éternelles et absolues régnant dans le ciel. Toute visée politique, morale ou autre, le détourne de cette fin, amène donc une dégradation de l'art, lui ôte son caractère objectif et impersonnel, le souille en fin de compte.

Pour atteindre à l'universalité, l'artiste doit s'isoler des préoccupations momentanées et vaines des hommes, il ne doit avoir pour visée que le Beau. C'est le thème de la tour d'ivoire qu'illustre Flaubert :

> « Il faut, abstraction faite des choses et indépendamment de l'humanité qui nous renie, vivre pour sa vocation, monter dans sa tour d'ivoire et là, comme un bayadère dans ses parfums, rester seuls dans nos rêves. [...] Il me semble en ma conscience que j'accomplis mon devoir, que j'obéis à une fatalité supérieure, que je fais le Bien, que je suis dans le Juste [9]. »

La cassure entre la société et l'écrivain est complète. L'écrivain se crée un monde autonome de valeurs, dans lequel il s'enferme, s'isole de son temps.

L'art devient l'idéal, la raison de vivre de l'écrivain, une véritable religion. Et cette religion a ses adeptes, ses fidèles, ses prêtres (Gautier, Flaubert, Leconte de Lisle), ses lieux privilégiés, ses sanctuaires, ses rites (les dîners chez Magny, chez Brébant, le salon de la princesse Mathilde). Flaubert adresse cette critique à Louise Colet :

> « Tu as bien l'amour de l'Art mais tu n'en as pas la religion. » [10]

Il s'agit d'un culte, avec ses techniques, qui doit conduire au chef-d'œuvre. Se coupant de la vie réelle, cet art, à force de s'épurer, de faire de la forme un but en soi, devient ésotérique. L'ambition suprême de Flaubert est exposée dans une lettre à Louise Colet :

> « Ce qui me semble beau, ce que je voudrais faire, c'est un livre sur rien, un livre sans attache extérieure, qui se tiendrait de lui-même par la force interne de son style, comme la terre sans être soutenue, se tient en l'air, un livre qui n'aurait presque pas de sujet, ou du moins où le sujet serait

9. G. FLAUBERT, lettre à Louise Colet, 24 avril 1852.
10. G. FLAUBERT, lettre à Louise Colet (lettre 211), 1847.

presque invisible, si cela se peut. Les œuvres les plus belles sont celles où il y a le moins de matière, [...] le style étant à lui seul une manière absolue de voir les choses [11]. »

Théophile Gautier, dans sa réaction aux critiques « utilitaires », va jusqu'à affirmer :

> « Il n'y a vraiment de beau que ce qui ne peut servir à rien ; tout ce qui est utile est laid, car c'est l'expression de quelque besoin, et ceux de l'homme sont ignobles et dégoûtants, comme sa pauvre et infirme nature. L'endroit le plus utile d'une maison, ce sont les latrines.
>
> Moi, n'en déplaise à ces messieurs, je suis de ceux pour qui le superflu est le nécessaire — et j'aime mieux les choses et les gens en raison inverse des services qu'ils me rendent [12]. »

Une telle conception de l'œuvre et de l'artiste rend la culture inaccessible au plus grand nombre. Cela, l'artiste en a conscience et fait, au contraire, du petit nombre de lecteurs qui l'apprécient, un gage de la valeur de son œuvre : en effet, masse et valeur s'excluent. S'il publie ses œuvres, c'est pour quelques élus, pour des « amis inconnus », comme l'écrivait Flaubert. Le grand succès était, pour Leconte de Lisle, un signe d'infériorité intellectuelle, car seul un auteur médiocre peut plaire au grand public.

Flaubert n'aime pas Béranger, parce que celui-ci a obtenu un grand succès populaire :

> « Le bouilli est désagréable surtout parce que c'est la base des petits ménages. Béranger est le bouilli de la poésie moderne [13]... »

Tout succès est donc suspect, il peut être considéré comme un indice de concession à la foule, cette foule que Gautier définit ainsi :

> « La foule est comme l'eau qui fuit les hauts sommets :
> Où le niveau n'est pas, elle ne vient jamais. [14] »

Le mouvement de l'art pour l'art est bien dans la logique de la conception aristocratique de l'art de la plupart des écrivains de cette époque.

---

11. G. Flaubert, lettre à Louise Colet, 16 janvier 1852.
12. T. Gautier, *op. cit.*, p. 171.
13. G. Flaubert, lettre à Louise Colet, fin décembre 1847.
14. T. Gautier, « Consolation », *Espagne,* 1841.

Ainsi tout — leur insertion dans la société de leur époque, leurs idées politiques et sociales, leurs théories littéraires — préparait les écrivains à condamner brutalement l'événement qui éclate à Paris le 18 mars 1871.

II

La réaction personnelle et politique des écrivains

Les documents pour étudier la réaction personnelle et politique des écrivains devant la Commune de Paris sont disparates et hétérogènes dans la forme, dans l'espace et dans le temps.

Hétérogènes dans la forme, puisqu'on dispose de correspondances, d'articles de presse, de journaux intimes comme ceux d'Edmond de Goncourt ou d'Amiel, de récits publiés ensuite sous forme de livres, d'écrits de circonstance, enfin de livres de souvenirs ou d'études se voulant des sommes politiques, morales ou philosophiques.

Hétérogènes dans l'espace, puisque certains écrivains sont à Paris durant la Commune, vivent et écrivent l'événement presque au jour le jour, comme Catulle Mendès ou Edmond de Goncourt, alors que d'autres en sont complètement coupés, isolés en province, comme George Sand, Flaubert ou la comtesse de Ségur. Ces derniers n'ont donc de contact avec l'événement qu'à travers des intermédiaires : presse, lettres d'amis, etc. D'autres, enfin, sont à Versailles et vivent dans une atmosphère particulière. Il y a encore le cas d'écrivains comme Renan, Gautier ou Taine qui sont restés à Paris pendant une partie de la Commune, puis se sont réfugiés à Versailles ou sont partis pour l'étranger. Les points de vue sont très différents, selon qu'on vit à Versailles, à Paris, en province ou à l'étranger. Tous ces lieux représentent des mondes isolés où les nouvelles, vraies ou fausses, sont toutes à sens unique. On accepte d'autre part moins facilement les bruits et les fausses nouvelles quand on voit de ses propres yeux les événements. Gobineau, pourtant royaliste ultra, mais vivant une partie de la Commune à Paris, sera finalement plus modéré que certains républicains qui sont à Versailles ou en province où l'on croit tous les bruits qui circulent. Catulle Mendès, qui vit à Paris durant toute la Commune, se laisse souvent gagner par ce qu'il voit et par l'enthousiasme de la population. S'il avait vécu à Versailles, sa position aurait sans doute été autre.

Ces documents sont enfin hétérogènes dans le temps, puisque la Commune a duré trois mois alors que les documents étudiés portent sur une beaucoup plus longue période et que, d'un jour à l'autre, les positions peuvent évoluer : certains, neutres ou favorables tel jour, deviennent tout à fait hostiles le lendemain. Tel, fou de rage et de colère s'il écrit à la fin de la Semaine sanglante, aura un jugement plus calme et plus serein six mois ou deux ans plus tard. Or justement, pour certains écrivains, on bénéficie d'une vaste documentation qui permet d'enregistrer les fluctuations de leur pensée devant presque chaque événement, alors qu'au contraire la documentation est très fragmentaire et très localisée dans le temps pour d'autres.

Cependant, malgré ces disparités, il se dégage la plupart du temps de la lecture de ces textes une uniformité, une monotonie même, et seul un plan par thème peut éviter les répétitions fastidieuses.

Lorsque la Commune éclate, on peut approximativement classer les écrivains en trois familles politiques.

Ceux que nous avons étudiés surtout dans la première partie qui, sur le plan littéraire, sont favorables à l'art pour l'art et qui donc, en théorie, sont apolitiques, désengagés ou désabusés, comme Leconte de Lisle ; mais on a montré combien leur vision du monde était, en réalité, aristocratique, conservatrice et tournée vers le passé.

Les deux autres familles politiques sont plus restreintes. Il y a d'une part les écrivains de « droite » : des conservateurs comme Maxime Du Camp, Dumas fils, Paul de Saint-Victor, Ernest Feydeau et des royalistes comme Barbey d'Aurevilly, Alphonse Daudet, le comte de Gobineau, Montégut, Renan, la comtesse de Ségur, Taine et Louis Veuillot ; d'autre part les écrivains modérés ou républicains, tels Coppée, Anatole France, Catulle Mendès, Richepin, Sand et Zola.

Finalement, on n'apercevra guère de différence entre le groupe des « désengagés » et celui des conservateurs et royalistes, sinon peut-être que les seconds feront de la Commune une émanation de la République, une conséquence de la situation héritée de 1789, et par là engloberont dans un même mépris et une même haine les communards et les partisans républicains de Thiers.

Les républicains, de leur côté, révéleront le caractère étroitement politique et sans perspective sociale de leur républicanisme. Souvent, ils condamneront d'autant plus la Commune qu'on cherche à les amalgamer avec les communards. Cependant, chez certains d'entre eux, comme Catulle Mendès, Richepin ou Emile Zola, la condamnation est plus nuancée, moins « hystérique ». Pour d'autres, au contraire, la Commune va les éloigner longtemps de leurs anciennes idées, tout abstraites et idéales. Anatole France, par exemple, renoncera à son républicanisme très intellectuel et deviendra franchement réactionnaire pour de nombreuses années.

1

Réaction à l'annonce de l'événement et signification globale que lui donnent les écrivains

Il n'existe, dès l'origine, aucun mouvement semblable à celui de 1848, aucune équivoque possible : les écrivains condamnent définitivement et globalement le soulèvement du 18 mars 1871. Ce soulèvement, beaucoup l'avaient prévu et condamné d'avance depuis longtemps.

Dès le 29 novembre 1870, Edmond de Goncourt écrit dans son *Journal* :

> « On parle de la surexcitation nerveuse de la femme, de l'affolement produit par les choses du jour, de la crainte que l'on a d'avoir à réprimer des émeutes de femmes. »

Et le 30 janvier 1871, il note :

> « Enfermer dans Paris cent mille hommes indisciplinés et démoralisés par leurs défaites, en ces jours de famine qui vont précéder le ravitaillement, n'est-ce pas enfermer la rébellion, l'émeute, le pillage ? »

De même, Flaubert écrit dans une lettre à sa nièce du 5 octobre 1870 :

> « Dans un mois tout sera fini, c'est-à-dire le premier acte du drame sera fini, le second sera la guerre civile. »

Enfin Gautier, dans une lettre à sa fille Estèle, écrit de Versailles le 19 avril 1871 :

> « Depuis plus de deux mois, je prédisais des journées pires que les journées de Juin après la révolution de février en 1848. »

Ce soulèvement représente pour tous les écrivains ce qu'ils détestent le plus : la « canaille », la « populace », les « voyous ».

Mais presque tous les écrivains refusent une explication politique ou sociale de l'événement. Au lendemain de la Semaine sanglante surtout, ils y voient une apocalypse, une catastrophe de caractère biblique, explicable par une force surnaturelle, hasard, fatalité, Dieu.

Ce n'est donc ni une lutte politique, ni une révolution sociale. C'est l'œuvre d'un petit groupe de brigands, de barbares ayant préparé leur coup depuis longtemps, qui ont profité de la surexcitation de la population parisienne provoquée par le siège et la défaite pour s'emparer de la ville et la livrer à l'anarchie. Cette vision « apolitique » des brigands et des bêtes fauves, élaborée dès les premiers jours, a pris sa forme définitive à la fin de la Commune. L'explication n'est pas logique mais métaphorique chez Théophile Gautier :

> « Il y a sous toutes les grandes villes des fosses aux lions, des cavernes fermées d'épais barreaux où l'on parque les bêtes fauves, les bêtes puantes, les bêtes venimeuses, toutes les perversités réfractaires que la civilisation n'a pu apprivoiser, ceux qui aiment le sang, ceux que l'incendie amuse comme un feu d'artifice, ceux que le vol délecte, ceux pour qui l'attentat à la pudeur représente l'amour, tous les monstres du cœur, tous les difformes de l'âme ; population immonde, inconnue au jour, et qui grouille sinistrement dans les profondeurs des ténèbres souterraines. Un jour, il advient ceci que le belluaire distrait oublie ses clefs aux portes de la ménagerie, et les animaux féroces se répandent par la ville épouvantée avec des hurlements sauvages. Des cages ouvertes, s'élancent les hyènes de 93 et les gorilles de la Commune [1]. »

Le vocabulaire animalier est celui qui revient le plus constamment dans la littérature anticommunarde. Cette assimilation n'est pas simplement stylistique, elle correspond à la

1. T. Gautier, « Paris-Capitale » (octobre 1871), *Tableaux du Siège, Paris, 1870-1871,* Paris, Charpentier et Cie éd., 1872, pp. 372-373.

croyance profonde, presque raciale, de l'opinion anticommunarde.

L'autre image explicative la plus fréquente est celle des brigands. On la trouve entre autres chez le brillant critique littéraire Paul de Saint-Victor, ami de Barbey d'Aurevilly, de Gautier, des Goncourt et de Flaubert :

> « Une troupe d'êtres inconnus, révélés pour la première fois par l'affiche qui portait leurs noms, rappelant, tant ils étaient obscurs, ces bandits masqués ou barbouillés de noir qui escaladent, la nuit, la maison qu'ils vont mettre à sac, s'emparent de Paris. Leurs sombres bandes s'ébranlent derrière eux ; elles envahissent la ville désarmée. [...] Paris, pris de stupeur, ne résista pas. [...] La Commune s'installa sur le cadavre de cette ville inerte. Quand elle voulut se réveiller, quelques jours après, il était trop tard [2]. »

Maxime Du Camp évoque d'autres motifs pour expliquer la Commune. Lui aussi écarte les causes politiques pour réduire le Commune à une maladie physiologique et morale. Ce fut, dit-il, « un accès d'envie furieuse et d'épilepsie sociale » [3].

Il continue :

> « Plus tard, lorsque l'on verra dans son ensemble toute cette Commune [...], on reconnaîtra que *la politique n'y fut pour rien.* Ceux qui l'inventèrent, l'imposèrent à Paris et ne reculèrent devant aucun forfait pour la prolonger, se disaient républicains : ce n'étaient que des ambitieux amoureux d'eux-mêmes et ivres de pouvoir [4]... »
>
> « Les uns et les autres ont obéi aux impulsions de leur perversité ; mais la *question politique était le dernier de leurs soucis* [5]. »

Ainsi les origines de la Commune ne sont ni actuelles, ni historiques ; il ne faut pas les chercher dans la société de l'époque. En réalité, la Commune est une manifestation d'un mal moral et métaphysique qui a existé de toute éternité et

2. P. DE SAINT-VICTOR, « L'Orgie rouge », 13 juin 1871, *Barbares et Bandits*, Paris, Michel Lévy éd., 1872, p. 242.

3. M. DU CAMP, *Les Convulsions de Paris*, Paris, Hachette éd., 1889, 4 vol., in-16°, t. I, p. 6.

4. M. DU CAMP, *op. cit.*, p. 11. (Souligné par nous.)

5. M. DU CAMP, *op. cit.*, p. 12. (Souligné par nous.)

qui est la nature même, l'essence profonde des gens de la Commune : l'envie.

> « L'origine de la Commune remonte en effet au temps de la Genèse, elle date du jour où Caïn a tué son frère. C'est l'envie qui est derrière toutes ces revendications bégayées par des paresseux auquel leur outil fait honte, et qui en haine du travail préfèrent les chances du combat à la sécurité du travail quotidien. Ce vice original est le moteur des âmes basses et des intelligences douteuses. Il n'a pas de nom ; on pourrait l'appeler le caïnisme. Il a fait les massacres de Septembre, il a fait la loi de prairial, il a fait la Commune [6]. »

En conséquence, on ne se trouve pas en face d'une lutte politique pour une transformation de la société, mais d'une lutte manichéenne du Bien contre le Mal, de la civilisation contre la barbarie, de l'ordre contre l'anarchie, de l'intelligence contre la bêtise, de la tête contre le ventre, du devoir contre l'égoïsme, du travail contre la paresse, enfin de l'élite de la société contre le ramassis de tout ce qui est mauvais, pervers et bestial.

Rares sont les écrivains de droite ou désengagés qui posent le problème en termes politiques ou sociaux. On trouve pourtant chez Edmond de Goncourt une analyse politique de la situation :

> « Ce qui arrive est tout uniment la conquête de la France par l'ouvrier et l'asservissement, sous son despotisme, du noble, du bourgeois, du paysan. Le gouvernement quitte les mains de ceux qui possèdent pour aller aux mains de ceux qui ne possèdent pas, de ceux qui ont un intérêt matériel à la conservation de la société à ceux qui sont complètement désintéressés d'ordre, de stabilité, de conservation [7]... »

De même, pour Taine la révolution est prolétarienne :

> « Quant à l'insurrection actuelle, elle est au fond socialiste : " Le patron, le bourgeois, nous exploite, il faut le supprimer. Il n'y a pas de supériorité, ni de spécialité. Moi, ouvrier, je suis capable, si je veux, d'être chef d'entreprise, magistrat, général. Par une belle chance, nous avons des fusils, usons-en, et établissons une République où des ouvriers comme nous soient ministres et président " [8]. »

---

6. M. Du Camp, *op. cit.*, t. IV, p. 326.
7. Goncourt, *Journal*, mardi 28 mars 1871.
8. H. Taine, *Correspondance*, Paris, Hachette éd., 1905, t. III, p. 92, lettre du 5 avril 1871 à Mme Taine.

Ernest Feydeau, tout en reprenant l'argumentation manichéenne, fait de la classe ouvrière, la classe porteuse de tout le mal, de toutes les perversités bestiales :

> « ... Messieurs les ouvriers, par cela seul qu'ils caressaient mieux la bouteille que le travail, et se lavaient fort peu les mains, n'ayant pas le temps de le faire, se sont mis en tête que tout leur était dû, leur appartenait sur la terre, et qu'ils en savaient assez long, n'ayant jamais appris que chacun leur métier, pour se substituer avantageusement à tous les gouvernements des peuples civilisés. Grâce à ces merveilleuses théories [...], il est avéré [...] que l'expérience, le travail, la science, la réflexion, la méditation ne sont rien, ne servent à rien, qu'il suffit d'être grossier, mal élevé, de puer la crasse et le tabac, et d'avoir en toute occasion l'injure et la pipe à la bouche, pour être regardé comme un être supérieur. [...]
> « Ce n'est même plus la barbarie qui nous menace, ce n'est même plus la sauvagerie qui nous envahit, c'est la bestialité pure et simple [9]. »

La lutte est donc bien sociale ici, mais elle n'a toujours pas de motivation politique : la classe ouvrière recherche la simple satisfaction de ses appétits bestiaux et la destruction de la civilisation et de la société.

La vision des républicains est différente, plus nuancée, bien que la condamnation de la Commune soit nette et souvent violente, même si elle est moins schématique, parce que les républicains ont souvent vécu à Paris durant la Commune et ont vu les événements.

Le poète parnassien Catulle Mendès, qui est resté à Paris durant toute la Commune et a noté au jour le jour l'évolution de la situation, est d'abord presque favorable à la Commune. S'il condamne l'assassinat des généraux Lecomte et Thomas, il traite Thiers de maladroit et de fuyard. Il déclare, au début de la Commune, que la situation est complexe et que

> « ces révolutionnaires inconnus, coupables à coup sûr, mais sincères peut-être, revendiquent pour Paris des droits que

9. E. Feydeau, *Consolation*, Paris, F. Amyot éd., 1872, in-18°, chap. XCIII, pp. 191-192.

Paris presque tout entier est porté à réclamer. Il nous est impossible de ne pas reconnaître que les franchises municipales sont désirées et désormais nécessaires [10]. »

Se rendant sur la butte Montmartre, il constate la contradiction entre les accusations portées contre les brigands et la canaille et le spectacle qu'il voit :

> « Hommes, femmes, enfants gravissent les rues à pic ; tout le monde paraît très joyeux. [...] On a fermé sa boutique, on a mis ses plus beaux habits, on ira dîner au cabaret. Qui fait cela ? Les ennemis-nés du désordre, les petits négociants, les petits-bourgeois. Contradiction étrange [11] ! »

Il se réjouit des tentatives de conciliation faites par les maires de Paris entre le Comité central et Thiers. Croyant qu'elles ont abouti, il écrit :

> « L'Assemblée nationale a compris que, dans une cité comme Paris, une révolution à laquelle participe un tiers environ de la population, ne peut pas avoir pour but unique de tuer et de dévaliser [...] ; on peut et il faut le dire, on ne compte pas que des ivrognes et des énergumènes parmi les fédérés, chefs ou soldats. [...] Il y a peut-être chez eux des forces vives et nouvelles qu'il sera juste et même nécessaire d'utiliser. Les idées qu'ils représentent doivent être étudiées et, si on les reconnaît bonnes, mises en pratique. [...] Ainsi le bon grain va être séparé de l'ivraie [12]. »

Catulle Mendès utilisera le mot « révolution » pour caractériser la Commune jusqu'au mois d'avril, mois à partir duquel il emploiera le mot « émeute ». Sa vision a alors totalement changé. Il écrit sous le titre « Paris se repent » :

> « Ah ! nous ouvrons les yeux enfin. [...] Vous n'aviez endossé nos opinions que pour nous tromper, comme des escrocs revêtent la livrée d'une maison pour entrer dans la chambre du maître et lui voler son argent. Nous vous voyons tels que vous êtes. [...] Vous n'êtes que des émeutiers, et des émeutiers dont le but principal est de piller et de saccager à la faveur du trouble et de la nuit [13]. »

---

10. C. Mendès, *Les 73 journées de la Commune*, Paris, E. Lachaud éd., 1871, in-18°, p. 20.
11. C. Mendès, *op. cit.*, p. 22.
12. C. Mendès, *op. cit.*, pp. 49-50.
13. C. Mendès, *op. cit.*, pp. 152-153.

A partir de ce moment, Mendès condamne résolument la Commune tout en continuant à reconnaître le courage des communards.

Emile Zola, qui assure pour le journal *La Cloche*, hostile à la Commune, les comptes rendus des séances de l'Assemblée de Versailles, et qui rédige des articles pour *Le Sémaphore de Marseille*, a adopté vis-à-vis de la Commune une attitude à peu près identique. Il s'agit aussi pour lui de « factieux », d'une « émeute », mais qui utilise cependant l'indignation légitime de Paris face aux mesures vexatoires et provocatrices de Versailles :

> « Que demain on satisfasse au légitime orgueil de Paris, qu'on lui rende la liberté et la confiance du pays, et vous verrez Paris, le vrai Paris, chasser l'émeute et redevenir la grande ville du bon sens et du patriotisme [14]. »

Il place tout son espoir en Thiers pour trouver un compromis, une conciliation entre Paris et Versailles. Dans *La Cloche* du 28 mars 1871, devant l'enthousiasme qui règne à Paris après les élections municipales, il avoue même :

> « Entre Versailles qui discute misérablement et Paris qui se réconcilie devant les urnes, j'avoue qu'instinctivement je suis pour cette grande ville, encore toute secouée de ses cinq mois de siège. »

Il est effrayé par le fossé qui se creuse entre Paris et Versailles et le fanatisme des deux camps. Il rejoint la position de Catulle Mendès lorsqu'il écrit :

> « M. Thiers n'a donc pas encore compris que l'insurrection de Paris n'est pas une simple émeute et que, si les hommes de l'Hôtel de Ville sont encore au pouvoir, c'est que Paris entier réclame avec eux ses franchises municipales [15]. »

Mais Zola montre une incompréhension totale devant les mesures révolutionnaires prises par la Commune. Dès lors, il va employer à son tour un vocabulaire déniant tout contenu politique à ce mouvement. Fièvre obsidionale, folie des dirigeants, bestialité, cauchemar démentiel sont désormais les seules explications de la Commune. Son attitude va devenir

14. E. Zola, *La Cloche*, 22 mars 1871.
15. E. Zola, *La Cloche*, 11 avril 1871.

de plus en plus hostile à la Commune et c'est avec satisfaction et soulagement qu'il assistera à la répression finale :

> « Le bain de sang qu'il [le peuple de Paris] vient de prendre était peut-être d'une horrible nécessité pour calmer certaines de ses fièvres. Vous le verrez maintenant grandir en sagesse et en splendeur [16]. »

Le cas de George Sand, la socialiste de 1848, la républicaine, est intéressant. Dès le début, elle condamne la Commune dans sa correspondance, traitant les communards de « parti d'exaltés » [17], d'insensés, d'excessifs, de « règne des plus furieux » [18]. Cette condamnation est portée au nom de la patience, de la sagesse et de la raison. La France est réactionnaire :

> « Les républicains avancés sont dans la proportion de un pour cent sur la surface du pays entier [19]. »

La république socialiste n'est donc pas viable ; il faut être patient, ne pas effrayer les couches petites-bourgeoises, avoir confiance en Thiers pour faire évoluer lentement l'opinion et établir la république.

Malgré ces prétextes, George Sand n'est plus du même côté de la barrière qu'en 1848 ; âgée, influencée considérablement par Flaubert, Alexandre Dumas fils et Paul de Saint-Victor dont elle lit les articles, elle emploie durant tout le déroulement de la Commune le même vocabulaire et les mêmes images que l'extrême-droite. Elle écrit à Alexandre Dumas fils que la Commune est :

> « le résultat d'un excès de civilisation matérielle jetant son écume à la surface, un jour où la chaudière manquait de surveillant. La démocratie n'est ni plus haut ni plus bas après cette crise de vomissements [...]. Ce sont les saturnales de la folie [20]. »

C'est, transposée, l'image qu'avait employée Théophile Gautier. Elle écrit à Alexandre Dumas fils et à Paul de Saint-Victor pour les féliciter de leurs articles, ceux-là mêmes que nous

---

16. E. Zola, *Le Sémaphore de Marseille,* 3 juin 1871.
17. G. Sand, *Correspondance,* Nohant, 24 mars 1871.
18. G. Sand, *Correspondance,* Nohant, 26 mars 1871.
19. G. Sand, *Correspondance,* Paris, lettre du 24 mars 1871.
20. G. Sand, *op. cit.,* lettre du 22 avril 1871.

avons examinés précédemment, et leur dire qu'elle est parfaitement en accord avec eux. Elle attaque férocement Victor Hugo, qui condamne la répression, et déclare qu'on doit juger de la sincérité des républicains à la force plus ou moins grande avec laquelle ils condamneront les crimes de la Commune.

Cette idée que la Commune n'a rien à voir avec la république, que les communards en réalité n'étaient pas républicains, mais seulement des ambitieux qui ont utilisé la souffrance et l'excitation du peuple, on la retrouve à travers presque tous les écrits des républicains qui s'efforcent ainsi de se désolidariser de la Commune avec laquelle les écrivains de droite les confondent.

Jules Claretie, romancier et critique, a écrit une volumineuse *Histoire de la révolution de 1870-71,* où il montre aussi que les communards n'étaient que de faux républicains :

> « Ah ! quelle parodie de tout ce qui est notre admiration et notre foi ! Quelle vision ironique ! On croirait voir après les Titans des révolutions passées, s'agiter, se heurter, se fondre dans le brouillard, on ne sait quels spectres de Myrmidons [21] ! »

Il s'agit donc de révéler un esprit républicain dégagé des folies et des crimes de la Commune :

> « Le monde depuis trop longtemps est divisé en deux camps furieux : d'un côté ceux qui veulent tout prendre, de l'autre ceux qui veulent tout garder. La justice n'est ni du côté des voracités, ni du côté des égoïsmes. [...] Elle n'est pas du côté des sectaires, des fanatiques et des fous. Oui, certes, il est temps que la cause de la République soit dégagée de la cause de la Commune. Il faut que le parti de la liberté pure et de l'égalité fraternelle montre qu'il avait dès longtemps rompu avec la faction de l'envie et de la terreur. [...] En un mot, ceux qui veulent la [République] faire aimer n'ont rien de commun avec ceux qui la feraient haïr [22]. »

Aussi les républicains, mais pour des raisons différentes de celles des écrivains de droite, tentent de montrer que la Commune n'avait pas des causes politiques. C'est ce que fait Claretie lorsqu'il écrit :

21. J. Claretie, *Histoire de la Révolution de 1870-71,* Paris, Aux bureaux du journal *L'Eclipse,* 1872, in 4°, p. 620.
22. J. Claretie, *op. cit.,* p. 631.

> « L'état de Paris était encore plus pathologique que politique. La surexcitation cérébrale des derniers mois éclatait en un immense accès [23]. »

Quant au jeune républicain Anatole France, il condamne la Commune aussi durement que son maître Leconte de Lisle. Comme le montre Marie-Claire Bancquart dans sa thèse *Anatole France polémiste,* le parti républicain de la fin de l'Empire est profondément séparé du parti ouvrier, s'appuyant presque uniquement sur des revendications politiques sans aucun caractère social, son opposition à l'Empire se développant sur des thèmes purement intellectuels, et de façon très rhétorique.

Ces écrivains républicains ont souvent les mêmes préjugés aristocratiques que les écrivains de droite ou les « désengagés » au sujet de l'enseignement et de la culture. Le mépris d'Anatole France pour le peuple parisien, sa peur et son horreur de la Commune transparaissent nettement à travers sa correspondance. La Commune est pour lui un « comité des assassins », une bande de « fripouillards », un « gouvernement du crime et de la démence » [24].

En résumé, les conservateurs et les écrivains désengagés condamnent en bloc l'événement, lui refusant, la plupart du temps, toute signification politique et le réduisant soit à un phénomène presque apocalyptique, à une malédiction divine pour châtier la France de ses vices moraux, soit à des explications manichéennes et métaphoriques où les Communards deviennent des animaux féroces, des brigands et des assassins sortis du bagne qui ne pensent qu'à la satisfaction brutale de leurs appétits bestiaux, et à la destruction de tout ordre social et de toute civilisation. C'est le retour de la Barbarie.

La différence entre les écrivains de droite et les écrivains désengagés est que les premiers s'engagent ouvertement dans la bataille, refusant toute conciliation et réclamant une répression sans pitié, alors que les « désengagés » songent plutôt à

23. J. Claretie, *op. cit.*, p. 636.
24. A. France, *Correspondance.* (Cité par Marie-Claire Bancquart, *Anatole France polémiste,* Nizet éd., 1962, pp. 41-42.)

fuir le « cataclysme », recherchent le calme et jugent surtout cet événement comme un obstacle à leur création et à la culture.

Les républicains enfin, souvent plus conciliants, condamnent cependant le soulèvement d'autant plus nettement qu'il remet en question leur croyance et qu'il compromet le succès de leurs idées. Aussi refusent-ils de considérer la Commune comme un mouvement politique, républicain ; ils le réduisent à des causes matérielles immédiates : les privations du siège, la fièvre obsidionale, l'ostracisme de Versailles qui ont provoqué à Paris un état pathologique et maladif, exploité par un groupe d'ambitieux, de fous et d'exaltés.

2

Jugements portés sur les communards : les dirigeants, la populace, la femme, les étrangers

Il s'agit de démontrer que l'événement ne découle pas de causes objectives, que la société bourgeoise, harmonieuse et naturelle, ne saurait engendrer de tels soulèvements.

Il suffit donc de trouver des éléments externes ou marginaux qui seront la cause de tout, qui auront introduit artificiellement et par surprise le virus de l'anarchie. Dans tous les cas, il faut dénier tout contenu politique profond au mouvement, toute rationalité.

Les portraits que les écrivains vont donner des chefs de la Commune, de leur base sociale, l'importance attribuée aux femmes et aux étrangers servent ces fins.

I. Les dirigeants.

Le meilleur moyen de prouver que le mouvement n'a pas d'objectifs politiques généraux est de peindre ceux qui le dirigent comme des fous qui ne savent pas ce qu'ils font ou comme des ambitieux poursuivant des buts personnels.

Tout s'explique par l'ambition longtemps refoulée, par le complexe de frustration des chefs de la Commune qui sont des *déclassés,* des bohèmes des arts, des lettres ou de la politique, des aigris et des assassins.

Le poète Jean Richepin, dans un livre consacré à Jules Vallès, fait le portrait suivant des chefs de la Commune :

> « Eh bien ! ces chefs, ambitieux ou convaincus, charlatans ou prophètes, ont presque tous un point commun, c'est qu'ils étaient des déclassés [...]. Ce fut un soulèvement des déclassés et un gouvernement de fruits secs [1]. »

Maxime Du Camp, qui est le symbole même de l'arriviste et de l'ambitieux, que Paul Bourget a défini comme « l'ami jaloux » de Flaubert, s'engage à fond dans la bataille, passe plusieurs années à rédiger une histoire de la Commune, en tout près de 2 000 pages très serrées, qui sera la bible de la littérature anticommunarde. Barbey d'Aurevilly est enthousiasmé par cette œuvre qui vaut à son auteur un siège à l'Académie française.

Maxime Du Camp, résumant la Commune, écrit dans sa conclusion :

> « Je la vois dans un groupe de sept à huit cents individus passionnés, réfléchis, rongés par l'ambition, méprisant le peuple au nom duquel ils parlent, haïssant les riches qu'ils envient, et prêts à tout pour être célèbres, pour être obéis, pour être dictateurs. Ce sont de petits bourgeois déclassés, des ouvriers désespérés de n'être point patrons, des patrons exaspérés de n'avoir point fait fortune ; ce sont des journalistes sans journaux, des médecins sans clientèle, des maîtres d'écoles sans élèves [2]. »

Tous ces déclassés, tous ces ambitieux sont en plus des provinciaux, incarnations fin de siècle de Rastignac.

> « Les grandes capitales sont dangereuses ; elles produisent l'effet d'une pompe aspirante, elles attirent et retiennent. La France a la tête trop grosse et, comme les hydrocéphales, elle est sujette à des accès. Le Parisien pur sang, le né natif de Paris [...] ne s'est mêlé à ces violences que dans une proportion restreinte. L'écume de la province fermentait dans Paris. [...] Les journalistes comme Vermersch, Vésinier, Vermorel, Pyot, Grousset, Cornet [...], les pions comme Vallès, Urbain,

1. J. Richepin, *Les Etapes d'un Réfractaire,* paru en feuilleton dans *La Vérité,* Paris, 1871.

2. M. Du Camp, *Les Convulsions de Paris,* Paris, Hachette éd., 7e édition, 1889, 4 vol. in-16°, t. IV, p. 330.

Longuet [...], les impuissants, les vaniteux, les envieux [...] nous arrivent écrasés sous le poids de l'opinion qu'ils ont d'eux-mêmes et se croient aptes à régir le monde. [...] Il faut que Paris réalise leur rêve ou périsse [3]. »

George Sand, cherchant à justifier son attitude et à montrer qu'elle n'a pas trahi le peuple, écrit dans un article du *Temps* :

« Le mouvement a été organisé par des hommes déjà inscrits dans les rangs de la bourgeoisie et n'appartenant plus aux habitudes et aux nécessités du prolétariat. Ces hommes ont été mus par la haine, l'ambition déçue, le patriotisme mal entendu, le fanatisme sans idéal, la niaiserie du sentiment ou la méchanceté naturelle [4]. »

C'est une même accumulation pleine d'indignation qu'on retrouve dans une lettre de Leconte de Lisle à J.-M. de Hérédia :

« Cette ligue de tous les déclassés, de tous les incapables, de tous les envieux, de tous les assassins, de tous les voleurs, mauvais poètes, mauvais peintres, journalistes manqués, romanciers de bas étage [5]. »

Dans une lettre antérieure, il déclarait :

« Nous avons été la proie [...] d'un soulèvement total de tous les déclassés, de tous les fruits secs, de tous les singes d'Erostrate qui pullulent dans les bas-fonds des sociétés modernes, de tous les paresseux pillards, des rôdeuses de barrière, de la lie des prisons et des bagnes [6]. »

La cible principale parmi les dirigeants sont les artistes, cette bohème des lettres et des arts, tant crainte déjà sous l'Empire. Courbet et Vallès sont les plus visés. Voici le portrait de Courbet par Alexandre Dumas fils :

« De quel accouplement fabuleux d'une limace et d'un paon, de quelle antithèse génésiaque, de quel suintement sébacé peut avoir été généré, par exemple, cette chose qu'on appelle M. Gustave Courbet ? Sous quelle cloche, à l'aide de

---

3. M. Du Camp, *op. cit.*, t. II, pp. 307-308.
4. G. Sand, *Réponse à un ami, Le Temps,* 3 octobre 1871.
5. Leconte de Lisle, lettre à J.-M. de Hérédia, Paris, 2 juin 1871. (Citée par Ibrovac, *J.-M. de Hérédia. Sa vie. Son œuvre,* Paris, Les Presses françaises, 1923, p. 565.)
6. Leconte de Lisle, lettre du 29 mai 1871 à J.-M. de Hérédia. Ibrovac, *op. cit.*, p. 563.

quel fumier, par suite de quelle mixture de vin, de bière, de mucus corrosif et d'œdème flatulent a pu pousser cette courge sonore, cette incarnation du Moi imbécile et impuissant [7] ? »

Leconte de Lisle exprime ses regrets :

« L'infect barbouilleur Courbet ainsi que l'ignoble bande de peintres et d'aquafortistes qui l'avaient suivi ne seront point passés par les armes, ce qui est encore le plus navrant [8]. »

« Il mériterait non seulement d'être fusillé [...], mais qu'on détruisît les sales peintures qu'il a vendues dans le temps à l'Etat [9]. »

Vallès, le critique littéraire et le romancier, n'est guère moins épargné. Voici le portrait peu flatteur qu'en fait Paul de Saint-Victor :

« Un bâtard de Marat, Jules Vallès, dans *Le Cri du peuple*, vociférait la haine et la rage. Bohème des lettres, aigri par une jeunesse misérable, affolé d'orgueil, altéré d'envie, sa poche à fiel crevée s'était répandue dans son style [...]. L'incendiaire couvait sous l'énergumène. Après avoir craché sur *l'Iliade*, il est tout simple qu'on veuille brûler le Louvre et faire sauter Notre-Dame [10]. »

E. de Goncourt écrit pour sa part :

« Risum teneatis ! Jules Vallès est ministre de l'Instruction publique. La bohème des brasseries occupe le fauteuil de Villemain [11]. »

Alphonse Daudet, dans ses *Lettres à un absent* publiées durant la Commune dans la presse de Versailles, évoque le Café de Madrid d'où est sortie « la fine fleur de la Commune ». Il fait, lui aussi, le portrait de Vallès :

« On devine le rire amer, les yeux pleins de bile de l'homme qui a eu une enfance malheureuse et qui en veut à

---

7. A. Dumas fils, *Une lettre sur les choses du jour*, Paris, Michel Lévy éd., 1871, p. 16.
8. Leconte de Lisle, lettre du 22 juin 1871 à J.-M. de Hérédia.
9. Leconte de Lisle, lettre du 29 mai 1871.
10. P. de Saint-Victor, « L'Orgie rouge », *Barbares et Bandits*, Paris, Michel Lévy éd., 1872, p. 246.
11. Goncourt, *Journal*, 3 mars 1871.

> l'humanité parce que, tout petit, il a porté des habits ridicules, taillés dans les redingotes de son père [12]. »

Voici le portrait des autres futurs chefs communards :

> « Des têtes de pions, collets crasseux, cheveux luisants, les toqués, les éleveurs d'escargots, les sauveurs du peuple, tous les mécontents, les déclassés, les tristes, les traînards, les incapables [13]. »

La motivation des dirigeants n'est donc, une fois encore, pas politique, mais, avant la lettre, psychanalytique. Ce sont des aigris, des fruits secs, des névrosés, fascinés par le prestige, les honneurs et la richesse justement acquis par les gens honnêtes et travailleurs. Ils sont mus par l'envie, par le fiel et la haine longtemps amassés dans leur cœur ulcéré. Ils veulent se venger de toutes les souffrances endurées, de leur impuissance et de leur incapacité.

Pour servir leur volonté de puissance, ils utilisent à leurs propres fins les mécontentements latents des masses, issus de la guerre. Mais, en réalité, ils méprisent les masses et, s'ils ne peuvent réaliser leur rêve, ils préféreront engloutir le monde plutôt que de disparaître inconnus.

Enfin, il existe un autre groupe parmi les chefs de la Commune, ce sont les fous.

Maxime du Camp, brossant le portrait de Jules Allix, délégué du 8e arrondissement, fait ainsi défiler les dirigeants de la Commune :

> « Il n'était pas atteint de monomanie homicide comme Rigault, Ferré, G. Rouvier et Urbain, de pyromanie comme Pindy, de cleptomanie comme Eudes ; de monomanie du pouvoir comme Delescluze ; de monomanie des grandeurs comme Jules Vallès, de monomanie raisonnante comme Léo Meillet, de monomanie dénonciatrice comme Millière, [...] de lycanthropie féroce compliquée de lâcheté comme Félix Pyat ; de scatologie furieuse comme Vermersch [...], non, il était atteint d'escargotomanie [14]. »

Zola, dans *Le Sémaphore de Marseille,* considère Miot, Rigault, Delescluze comme des fous dangereux. Ainsi tous

---

12. A. Daudet, *Lettres à un absent : Une champignonnière de grands hommes,* Guillaume éd., 1871, p. 143.
13. A. Daudet, *op. cit.*, p. 146.
14. M. Du Camp, *op. cit.*, t. II, p. 245.

devaient immanquablement, fatalement, aboutir où ils ont abouti, parce que c'était leur nature, leur essence, parce qu'ils étaient nés comme ça. On ne devient pas révolutionnaire : il s'agit d'une maladie caractérielle innée, indépendante des circonstances matérielles dans lesquelles on vit. Cette maladie est incurable pour Maxime Du Camp :

> « Ils sont restés les mêmes, comme si une fatalité organique pesait sur eux et les condamnait à la révolte. Un aliéniste a écrit : ' L'homme devient alcoolique, mais il naît ivrogne ; l'alcoolique guérit, l'ivrogne est incurable. ' Il serait peut-être vrai de dire également : l'homme devient insurgé, mais il naît révolutionnaire ; l'insurgé guérit, le révolutionnaire est incurable [15]. »

Tels sont donc les chefs de la Commune pour les écrivains. On peut alors se demander comment la masse a suivi de tels fous, de tels incapables, de tels ambitieux.

II. Le peuple.

Si la masse a suivi de tels dirigeants, c'est qu'elle n'a rien compris à la Commune.

Cette masse communarde est composée de la population souterraine des égouts, des prisons et des bagnes. Elle est minée par l'alcoolisme, elle ne pense qu'à jouir, voler et fuir le combat. Là encore, Du Camp est à citer :

> « Brutes obtuses ne comprenant rien, sinon qu'ils ont bonne paye, beaucoup de vin et trop d'eau-de-vie [16]. »
>
> « L'orgie a été la principale préoccupation de la plupart de ces hommes, acteurs secondaires d'un drame auquel ils participaient sans trop le comprendre. [...] Ils recherchaient le plaisir grossier, le trouvaient sans peine, ajoutaient leur dépravation particulière à la dépravation générale, et se tenaient pour satisfaits [17]. »

Cela rejoint la vision d'Ernest Feydeau, l'ami de Flaubert, auteur de *Fanny* :

> « L'effronterie de ces coquins n'avait d'égales que leur bêtise et leur scélératesse. [...] Cela puait le vin, la crasse,

15. M. Du Camp, *op. cit.*, t. IV, pp. 291-292.
16. M. Du Camp, *op. cit.*, t. I, p. 39.
17. M. Du Camp, *op. cit.*, t. IV, p. 115.

le jus de pipe, bien autre chose encore, et je ne sais quelle bestiale vanité [18]. »

Le thème obsessionnel qui revient à travers toute cette littérature est celui de l'alcoolisme. Il est développé, entre autres, par Paul de Saint-Victor :

> « L'ivrognerie était l'élément de règne de cette révolution crapuleuse. Une vapeur d'alcool flottait sur l'effervescence de sa plèbe. La bouteille fut un des « instruments de règne » de la Commune. Elle abrutissait avec le vin et l'eau-de-vie les bandes imbéciles qu'elle expédiait à la mort, comme le Vieux de la Montagne hallucinait ses séides avec le haschisch. Ses bataillons marchaient en titubant au combat. Il y avait du delirium tremens dans la folie de leur résistance. Ils tombaient ivres-morts sous les balles et sous les obus [19]. »

La comtesse de Ségur affirme qu'« ils ont bu tant de vin et d'eau-de-vie pendant leur règne de bandits que la moindre blessure devient gangréneuse » [20]. On pourrait multiplier à l'infini de tels clichés.

Chez certains écrivains, la vision du communard est un peu différente.

Catulle Mendès, parcourant Paris au moment des élections du 26 mars, note une participation sociale débordant largement les classes laborieuses. Le 3 avril, regardant défiler les bataillons partant aux avant-postes, il écrit :

> « Ce ne sont pas seulement des fédérés de Montmartre ou de Belleville ; on reconnaît sous les képis des figures paisibles de bourgeois et de négociants ; beaucoup de mains sont blanches et ne sont pas des mains d'ouvriers. Ils marchent en bon ordre ; ils sont calmes et résolus ; on sent que ces hommes sont prêts à mourir pour une cause qu'ils croient juste [21]. »

De même, on trouve dans *Souvenirs* de Zola un texte écrit le 26 avril 1871 pendant l'armistice conclu entre Paris et Versailles à Neuilly, pour évacuer les blessés, qui évoque la joie et l'atmosphère bon enfant de Paris, en cette fin avril :

---

18. E. FEYDEAU, *Consolation*, chap. XIV, pp. 107-108.
19. P. DE SAINT-VICTOR, « L'Orgie rouge », *Barbares et Bandits*, p. 249.
20. Comtesse DE SÉGUR, *Lettres d'une grand-mère*, Paris, Oudin éd., 1898, 11 avril 1871.
21. C. MENDÈS, *op. cit.*, p. 80.

« Nous venons d'avoir trois jours de soleil. Les boulevards étaient pleins de promeneurs. Ce qui fait mon continuel étonnement, c'est l'aspect animé des squares et des jardins publics. Aux Tuileries, des femmes brodent à l'ombre des marronniers, des enfants jouent, tandis que, là-haut, du côté de l'Arc de Triomphe, les obus éclatent. Ce bruit intolérable d'artillerie ne fait même plus tourner la tête à ce petit peuple joueur [22]. »

Alors même qu'il est devenu ouvertement anticommunard, Catulle Mendès reconnaît le courage des Communards :

« Hé, c'est justement parce que les hommes qu'ils envoient à la mort se battent avec un héroïque courage que nous en voulons aux membres de la Commune. Qu'ils soient maudits de dilapider de la sorte la richesse morale de Paris [23] ! »

Edmond de Goncourt, cherchant à expliquer cet entrain de la population à combattre, l'explique ainsi :

« Dans cette guerre, le peuple fait lui-même la cuisine de sa guerre, la mène lui-même, n'est pas sous le militarisme [24]. »

Parmi ce peuple de la Commune, une place privilégiée, dans la littérature anticommunarde, est réservée à la femme.

Si les chefs sont ambitieux, fous, fruits secs, si les fédérés sont bêtes, ivres, lâches, les qualificatifs que les écrivains attribuent à la femme sont ceux d'obscène, hideuse, féroce.

III. La communarde.

La dureté et l'insistance des attaques contre la femme ne peuvent s'expliquer sans une certaine misogynie des écrivains d'alors.

Les livres des frères Goncourt, les discussions qu'on relève, dans leur *Journal*, entre eux, Flaubert, Dumas fils, Renan, Taine le prouvent abondamment. Les attaques répétées de Dumas fils et de Barbey d'Aurevilly contre la « femelle » bien avant la Commune, sont nombreuses. Il n'est qu'à lire, par exemple, la préface moralisatrice de *L'Ami des femmes* de Dumas fils qui

22. E. Zola, *Souvenirs* (texte XIV publié dans les *Nouveaux contes à Ninon*, 1874), rassemblés dans Lazare, *Ides et Calendes* éd., Neuchâtel, 1962, p. 200.
23. C. Mendès, *op. cit.*, p. 203.
24. Goncourt, *Journal*, 12 avril 1871.

date de décembre 1869. Le rôle joué par les femmes durant la Commune va particulièrement les frapper et les indigner. Les mots manquent aux écrivains pour qualifier leur conduite. Dumas fils refuse même d'employer le mot de femmes pour elles :

> « Nous ne dirons rien de leurs femelles par respect pour les femmes à qui elles ressemblent — quand elles sont mortes [25]. »

Catulle Mendès parle des « amazones de la Commune » :

> « Un étrange enthousiasme saisit les femmes à leur tour, et voici qu'elles tombent aussi sur le champ de bataille, victimes d'un exécrable héroïsme. [...] Rien ne les émeut, rien ne les décourage [26]. » « Quelle est donc la fureur qui emporte ces furies ? Savent-elles ce qu'elles font, comprennent-elles pourquoi elles meurent [27] ? »

Tous les écrivains, même les plus anticommunards, reconnaissent la bravoure et l'héroïsme des femmes. S'ils divergent, c'est sur l'interprétation de cet héroïsme.

Ces femmes d'abord, pour les écrivains anticommunards, sont des prostituées, des femmes vivant en union libre, des femmes légères, des malades. Ainsi, pour Maxime Du Camp, l'interprétation de leur attitude doit être, une fois encore, demandée à un aliéniste :

> « Le sexe faible fit parler de lui, [...] le récit de leurs sottises devrait tenter le talent d'un moraliste ou d'un aliéniste. Elles avaient lancé bien autre chose que leur bonnet pardessus les moulins, tout le costume y passa. Celles qui se donnèrent à la Commune — et elles furent nombreuses — n'eurent qu'une seule ambition : s'élever au-dessus de l'homme en exagérant ses vices. Elles furent mauvaises [28]. »
>
> « Du haut de la chaire des églises converties en clubs, elles se dévoilèrent, de leur voix glapissante [...] elles demandèrent ' leur place au soleil, leurs droits de cité, l'égalité qu'on leur refuse ' et autres revendications indécises qui cachent peut-être le rêve secret qu'elles mettaient volontiers en pratique : la pluralité des hommes. [...] Pour qui a étudié l'histoire de la *possession*, il n'y a guère à se tromper : presque toutes les

25. A. Dumas fils, *Une lettre sur les choses du jour*, p. 16.
26. C. Mendès, *op. cit.*, p. 134.
27. C. Mendès, *op. cit.*, p. 135.
28. M. Du Camp, *op. cit.*, t. II, p. 60.

malheureuses qui combattirent pour la Commune étaient ce que l'aliénisme appelle ' des malades ' [29]. »

Donc, dans le cas des femmes aussi, on trouve ce même refus de motivations politiques ou sociales. Il s'agit d'êtres pervers recherchant la satisfaction de leurs appétits sexuels. Leur but est le communisme sexuel, le règne de la licence et de l'obscénité. D'autre part, la femme, être faible et dépendant, cherche aussi à prendre sa revanche sur l'homme en le dépassant dans le mal. La communarde est héroïque parce qu'elle est fanatique, farouche, excitée par la vue du sang et de la mort, parce que, secouée par les événements, elle vit dans un état de tension continuelle, livrée corps et âme à la Commune. Gobineau affirme :

> « Je suis profondément convaincu qu'il n'y a pas un exemple dans l'histoire d'aucun temps et d'aucun peuple de la folie furieuse, de la frénésie fanatique de ces femmes [30]. »

Le critique Francisque Sarcey y voit, au contraire, un phénomène clinique fréquent au Moyen Age :

> « Ce n'est pas la première fois qu'on voit toute une population saisie d'une sorte de vertige, courir avec des torches et mettre le feu à tout ce qu'elle rencontre. Le Moyen Age abonde en exemples semblables [...].
>
> « Les femmes portent dans ces accès de folie une exaltation plus farouche que les hommes ; c'est qu'elles ont un système nerveux plus développé ; c'est que leur cerveau est plus faible et leur sensibilité plus vive. Aussi sont-elles cent fois plus dangereuses, et elles ont fait sans aucun doute beaucoup plus de mal [31]. »

Le thème de la cantinière, de la pétroleuse, que l'on étudiera plus loin, marquera profondément les esprits et se retrouvera dans les œuvres littéraires des années suivantes.

IV. Les étrangers.

Ce thème est particulièrement utile pour montrer l'importation du désordre par des comploteurs internationaux. On assimile constamment la Commune et l'Internationale :

29. M. Du Camp, *op. cit.*, pp. 61-62.
30. A. de Gobineau, *Lettres à deux Athéniennes (1868-1881)*, Athènes, Kauffmann éd., 1936. Versailles. Lettre du 28 mai 1871.
31. F. Sarcey, « Les Aliénistes », article du *Gaulois*, 28 mai 1871.

« Cette franc-maçonnerie du crime dont le drapeau n'a d'autre couleur que celle du sang, trônait et régnait à l'Hôtel de Ville. Elle avait recruté les routiers et les malandrins de l'Europe entière. Des faussaires polonais, des *bravi* garibaldiens, des pandours slaves, des agents prussiens, des flibustiers yankees cavalcadaient en tête de ses bataillons, plus chamarrés et plus galonnés que l'état-major de Soulouque. Paris était devenu l'égoût collecteur de la lie et de l'écume des deux mondes. Il expiait par le cosmopolitisme du crime le cosmopolitisme de corruption dont il s'était fait si longtemps le centre [32]. »

On retrouve les mêmes images chez Sarcey :

« Des quatre coins de l'univers, tous les bandits en disponibilité, tous les déclassés en rupture de ban, tous les Polonais de table d'hôte, tous les Américains de pacotille, tous les échappés de prisons, se sont, comme des nuées de corbeaux, abattus sur Paris. [...] Paris a été livré en proie à tous ces misérables, mais c'est le monde entier qui les a déchaînés sur la France [33]. »

Taine, dans sa correspondance, voit des étrangers partout :

« ...environ cent mille insurgés aujourd'hui, dont cinquante mille étrangers [34]. »

Maxime Du Camp, sur ce point, semble plus modéré, écrivant avec davantage de recul :

« Il faut donc renoncer à croire que l'élément étranger a dominé [...]. 1 725 étrangers dont la nationalité a été constatée, ne forment qu'un faible appoint dans ce total des 36 309 arrestations [35]. »

Tous insinuent cependant qu'il y a complicité entre la Prusse et la Commune, laquelle a été payée par Bismarck.

Ce thème des étrangers, au-delà de son aspect spectaculaire, participe de la même attitude qu'on a décelée depuis le début, à savoir le refus d'une analyse de la situation de la France en 1871 au profit d'une explication de l'événement par des causes accidentelles ou externes. C'est le cas ici avec ces

32. P. de Saint-Victor, « L'Orgie rouge », *op. cit.*, p. 249.
33. F. Sarcey, *Le Gaulois*, 27 avril 1871.
34. H. Taine, *Correspondance*, lettre du 20 mai 1871.
35. M. Du Camp, *op. cit.*, t. II, pp. 306-307.

étrangers qui viennent de l'extérieur contaminer la France et lui inoculer le virus révolutionnaire.

Mais, à côté des hommes, comment les écrivains jugent-ils les mesures prises par la Commune durant ses trois mois d'existence ?

3

L'œuvre de la Commune

L'œuvre de la Commune est à peu près complètement ignorée des écrivains. Et cela est presque normal, puisque la Commune est un mouvement pathologique et criminel. L'œuvre de fous, d'ambitieux, de criminels et de brutes ne peut logiquement que se réduire à des orgies, à des arrestations et à des incendies. En dehors de cela, il ne peut y avoir que des inepties et des niaiseries pleines d'illusions.

Significative est l'histoire de la Commune de Maxime Du Camp : il étudie dans les moindres détails les « monstres » communards, les arrestations des otages, les incendies de Paris ; rien en revanche sur l'œuvre même de la Commune. Il n'y a rien à étudier d'ailleurs, puisqu'on a décidé *a priori* que la Commune n'était pas un mouvement politique et n'avait eu d'autre but que de tout démolir. Elle ne pouvait mener qu'au désordre, à l'anarchie et à la dissolution totale de toute la société.

Cela une fois admis, on peut cependant trouver quelques réactions, ici ou là, sur les mesures qui ont été adoptées par la Commune, notamment sur le plan économique et culturel.

Sur le plan économique, il y a eu des réactions face à la mesure faisant remise aux locataires des termes d'octobre 1870, janvier et avril 1871, et à celle suspendant la vente des objets au Mont-de-Piété et dégageant gratuitement certains objets.

Ces mesures ont soulevé l'indignation de nombreux écrivains, notamment de Flaubert qui parle ici en propriétaire menacé :

> « Voilà maintenant la Commune qui en revient au pur moyen âge. C'est carré ! La question des loyers, particulièrement, est splendide ! Le gouvernement se mêle maintenant du droit naturel ; il intervient dans les contrats entre particuliers. La Commune affirme qu'on ne doit pas ce qu'on doit et qu'un service ne se paie pas par un autre service. C'est énorme d'ineptie et d'injustice [1] ! »

Ces propos pourraient être intégrés au *Dictionnaire des Idées Reçues.* Cette terreur du propriétaire menacé, on la retrouve chez Edmond de Goncourt :

> « Une affiche rose invite les citoyens à s'emparer des quarante milliards appartenant aux impérialistes. [...] Cette affiche, c'est le fin fond du programme secret de la Commune ! Ne vois-je pas, déjà, ses hommes assis avec leurs épouses sur mon boulevard et disant tout haut en regardant nos villas : « Quand la Commune sera fondée, nous serons joliment bien là-dedans [2] ! »

La Commune, c'est la vieille convoitise d'ouvriers fainéants et bons à rien, vieux rêve inconsistant et irréalisable :

> « Paris, fait à son image, n'aurait plus été qu'une immense Cité Ouvrière consommant sans produire, rançonnant pour vivre, soldée par le capital et par l'épargne jusqu'à l'extinction de l'un et de l'autre, repue en bas et terrorisée en haut par une oligarchie de grévistes et de démagogues [3]. »

On ne trouve guère que Catulle Mendès pour trouver raisonnables et justes les mesures qui ont soulevé l'indignation de Flaubert :

> « Oui, je préférerais voir un peu de gêne, de misère, si vous voulez, remplacer momentanément la longue aisance d'un groupe, en somme peu nombreux d'individus, que de voir vendre aux enchères, à vil prix, la dernière armoire et le dernier buffet vide de cinq cent mille meurt-de-faim [4]. »

---

1. G. Flaubert, *Correspondance,* lettre à George Sand du 31 mars 1871.
2. Goncourt, *Journal,* 12 avril 1871.
3. P. de Saint-Victor, « L'Orgie rouge », *op. cit.*, p. 245.
4. C. Mendès, *op. cit.*, p. 64.

Zola, en revanche, fera preuve d'une incompréhension totale devant les mesures révolutionnaires de la Commune.

Lorsque la Commune interdit par un décret le travail de nuit aux boulangers, il ne comprend pas qu'elle s'occupe de questions qui ne sont pas de son domaine :

> « Un de ses membres, une tête saine égarée à Charenton, a vainement déclaré que le mieux était de laisser les ouvriers et les patrons s'entendre ensemble [5]. »

Il se moque également du décret pris en faveur des enfants naturels :

> « Ceci est du plus haut comique, et l'on croirait que ces messieurs ont semé les bâtards dans leur jeunesse, à ce point qu'ils chargent la patrie de donner une mère à leur nombreuse famille [6]. »

De même, les idées communales et politiques de la Commune sont rejetées sans être même examinées. C'est un pur retour au Moyen Age pour Flaubert, l'émiettement et l'anéantissement du pays pour Leconte de Lisle qui, après avoir caricaturé les idées communales, s'écrie :

> « Que vous dirais-je ? Je me perds dans cet abîme de non-sens, et je me demande comment vous avez pu entrevoir une analogie quelconque entre les hommes de 1789 et de 1793 et de tels idiots [7]. »

Enfin, on ne trouve aucune remarque sur l'œuvre éducative de la Commune (institution d'un enseignement primaire, laïc, gratuit et obligatoire), pas plus que sur son œuvre artistique ou culturelle. La meilleure façon de combattre un ennemi n'est-elle pas, en fin de compte, de faire le silence sur les actes positifs qu'il a pu réaliser ?

En revanche, les écrivains ne vont pas tarir sur les événements de la dernière semaine de la Commune, avec ses assassinats, ses incendies et sa répression.

---

5. E. Zola, *Le Sémaphore de Marseille,* 5 mai 1871.
6. E. Zola, *op. cit.*, 26 mai 1871.
7. Leconte de Lisle, lettre à Jean Marras, 3 novembre 1871.

4

La Semaine sanglante et les jours qui ont suivi

Cette semaine qui commence par l'entrée des troupes versaillaises dans Paris, il y a longtemps que la plupart des écrivains l'attendent.

Catulle Mendès et Emile Zola ont vainement espéré une conciliation ; Coppée, en avril 1871, a inutilement écrit *Plus de sang*, où il demande aux communards de déposer les armes :

> « ...O mes fils égarés, jetez, brisez vos armes.
> Assez ! il n'est jamais trop tard.
> Ne combattez pas plus pour un mot illusoire,
> Arrêtez, plus de sang ! nous n'avons qu'une gloire
> Et nous n'avons qu'un étendard.
>
> La victoire est horrible et ma mort seule est sûre.
> Cruels, vous retournez le fer dans la blessure
> Où l'a plongé le Prussien !
> Arrêtez ce combat qui m'achève et me navre,
> Insensés qui voulez sur un front de cadavre
> Planter le bonnet phrygien.
>
> La paix ! faites la paix ! Et puis, pardon, clémence !
> Oublions à jamais cet instant de démence.
> Vite à vos marteaux. Travaillons,
> Travaillons [1]... »

1. F. Coppée, *Plus de sang*, Paris, Alphonse Lemerre éd., avril 1871.

Les autres écrivains, au contraire, ont reproché à Thiers ses atermoiements durant la Commune. Les écrivains royalistes notamment, comme la comtesse de Ségur, vont même jusqu'à l'accuser de complicité :

> « M. Thiers ne veut rien faire qui contrarie les rouges ; et, bien mieux, de concert avec son ami rouge, Grévy, président, il empêche les membres de la droite de parler [2]. »
>
> « Saint Thiers a pour ces abominables scélérats des tendresses paternelles [3]. »

Voici le moment où Edmond de Goncourt apprend l'entrée des Versaillais dans Paris :

> « Le rappel bat dans tout Paris, et bientôt, sur le tambour, sur le clairon, sur les clameurs, sur les cris : Aux armes ! montent les grandes ondes tragiquement sonores du tocsin, qui se met à sonner à toutes les églises — bruit sinistre qui me remplit de joie et sonne pour Paris l'agonie de l'odieuse tyrannie [4]. »

Catulle Mendès, lorsqu'il apprend la nouvelle, se met à parcourir les rues de Paris. Il voit les hommes défiler, les femmes, les enfants, les vieillards dresser les barricades et tirer les canons.

> « Tous ces hommes ont des visages ardents, résolus, farouches. Ils parlent peu, ils ne crient pas [5]. »

Sur la place de l'Hôtel de Ville, Vallès prononce un discours.

> « Quand il se retire, une immense acclamation s'élève : 'Vive la Commune ! A bas Versailles ! Vaincre ou mourir !' Ces cris me font mal. Je sens que ces hommes et ces femmes veulent tuer et sauront mourir. [...] Je ne sais quelle horrible joie illumine leurs fronts [6]. »

Ce sont alors l'exécution des otages, les incendies de Paris, les combats de rue auxquels répond un immense cri d'exaspération et d'indignation des écrivains. On croit que le Louvre, que Notre-Dame ont été incendiés... Les injures pleuvent.

2. Comtesse DE SÉGUR, *Lettres au vicomte et à la vicomtesse de Pitray*, Paris, Hachette éd., 1891, lettre du 31 mars 1871.
3. Comtesse DE SÉGUR, *op. cit.*, lettre du 8 avril 1871.
4. GONCOURT, *Journal*, dimanche 21 mai 1871.
5. C. MENDÈS, *op. cit.*, p. 299.
6. C. MENDÈS, *op. cit.*, pp. 302-303.

« Erostrates de banlieue. Sardanapales ivres de vitriol », hurle Catulle Mendès [7].

Taine apprend la nouvelle des incendies alors qu'il se trouve à Oxford :

> « Les misérables ! Ce sont des loups enragés. Et avec du pétrole ! Que pourra-t-on sauver de pareilles flammes ? Jamais les Prussiens n'en auraient fait autant [8]. »

Le critique théâtral Francisque Sarcey écrit :

> « C'en est fait de Paris ! J'en pleurerais d'indignation, de douleur et de rage. Pourvu qu'au moins ce ne soit pas le dernier jour de la France ! [...] Recueillons-nous et tâchons dans cet écroulement universel de rester fermes [9]. »

L'écrivain catholique Louis Veuillot y voit un avertissement du ciel semblable à ceux qui se sont produits dans la Bible :

> « Une folie incomparable dans l'histoire, un crime inouï ! Ni Babylone, ni ses filles, ni la vieille Sodome et la vieille Gomorrhe n'ont ainsi péri de leurs propres mains. Pluie de feu, pluie de soufre, averses de feu liquide, trombes de fer brûlant. Le ciel était serein, Dieu n'a pas élevé la voix. [...] Jérusalem est dépassée. Depuis le Christ, aucune ville n'est tombée de cette mort [10]. »

Théophile Gautier, lui, réagit en artiste :

> « La frénésie d'abominables sectaires a détruit en un jour ce qui devait durer des siècles. »
>
> « L'aristocratie du chef-d'œuvre n'est-elle pas celle qui choque le plus l'envieuse médiocrité ? Naturellement, le laid a l'horreur du beau [11]. »

Chez tous, ce n'est qu'un même sentiment d'horreur, de lassitude, d'écœurement, d'écroulement et de fin du monde. Beaucoup y voient une malédiction et un signe précurseur de la fin de la France. Il n'y a peut-être que Goncourt pour regarder

---

7. C. MENDÈS, *op. cit.*, p. 316.
8. H. TAINE, *Correspondance*, 25 mai 1871.
9. E. SARCEY, article du *Drapeau tricolore*. (Cité par L. VEUILLOT, *Paris pendant les deux sièges, Œuvres complètes*, Paris, P. Lethielleux éd., 1927, t. XIII, p. 492.)
10. L. VEUILLOT, « Paris brûlé », 25 mai 1871, *op. cit.*, t. XIII, p. 490.
11. T. GAUTIER, *Tableaux du siège, Paris 1870-1871*, Paris, Charpentier éd., 1872, pp. 338 et 352.

l'incendie en esthète et en artiste, le comparant « aux gouaches napolitaines d'une éruption du Vésuve ».

Dès ce moment, le thème des pétroleuses se répand, et aujourd'hui encore il est difficile de savoir s'il repose sur des faits réels ou s'il a été fabriqué à partir de bruits ou d'illusions [12].

Les écrivains n'ont pas peu contribué à répandre le mythe des « pétroleuses courant avec des gestes de furies à travers ce pandœmonium et attisant les brasiers » [13]. Catulle Mendès en fait le portrait suivant :

> « Elles marchent d'un pas rapide, le long des murs. Elles sont pauvrement vêtues. Ce sont en général des femmes de 40 à 50 ans, le front ceint d'un serre-tête à carreaux rouges, que dépassent des mèches de cheveux sales. La face est rougeâtre, l'œil cligne. [...] Si la rue est solitaire, elles s'arrêtent, consultent un chiffon de papier qu'elles ont dans la main, s'arrêtent un instant devant un soupirail de cave, puis elles continuent leur chemin sans trop se presser. Une heure après, une maison est en flammes dans la rue où elles ont passé. Paris les appelle les pétroleuses [14]. »

La résistance communarde s'affaiblit, se concentre sur quelques points, puis, finalement, est matée. La terrible répression a déjà commencé. Un conseil de guerre est établi sur la place du Châtelet :

> « On amène les fédérés, vingt par vingt ; on les condamne ; conduits sur la place, les mains liées derrière le dos, on leur dit : " Tournez-vous. " A cent pas, il y a une mitrailleuse ; ils tombent vingt par vingt. Méthode expéditive. Dans une cour, rue Saint-Denis, il y a une écurie remplie de cadavres, j'ai vu cela de mes propres yeux [15]. »

Ceux qui ne sont pas fusillés sur place sont envoyés à Versailles, au camp de Satory. On possède plusieurs descriptions de ces misérables convois de prisonniers, presque toutes dans des termes identiques : Goncourt (*Journal*, vendredi 26 mai 1871), Dumas fils (*Une lettre sur les choses du jour*, p. 8), Gautier (*Les Barbares modernes*), Gobineau (*Lettre à deux Athéniennes*, 28 mai 1871), Ludovic Halévy (*Souvenirs*), et bien d'autres encore.

---

12. Cf. le livre d'Edith Thomas, *Les Pétroleuses*, Paris, 1963.
13. P. de Saint-Victor, *op. cit.*, p. 253.
14. C. Mendès, *op. cit.*, pp. 320-321.
15. C. Mendès, *op. cit.*, p. 323.

Sur la composition des groupes, Goncourt écrit :

> « C'est du monde de tous les mondes, des blousiers aux dures figures, des artisans en vareuses, des bourgeois aux chapeaux socialistes, des gardes nationaux qui n'ont pas eu le temps de quitter leurs pantalons. [...] Chez les femmes, c'est la même confusion. Il y a, près de la femme en marmotte, des femmes en robe de soie. On aperçoit des bourgeoises, des ouvrières, des filles, dont l'une est costumée en garde nationale [16]. »

Gobineau les voit défiler :

> « ...en nombre de cinq à six cents, quelquefois jusqu'à quinze cents, déguenillés, sales, farouches, les femmes marchent en tête, tous têtes nues, sous le soleil, sous la pluie battante. Comme, de Versailles à Paris, il y a plus de quatre lieues, ces misérables venant quelquefois de l'autre bout de la ville, n'ayant ni dormi, ni reposé depuis dix jours, ivres d'eau-de-vie, de fanatisme et de méchanceté, sont frappés en route par le soleil et tombent comme foudroyés sur les bas-côtés du chemin. On a amené deux charrettes pleines de ces morts. Comme il n'y avait pas de place pour les loger, cinq à six cents sont restés, quarante-huit heures de suite, à la pluie battante dans la boue. Il y a des femmes en quantité, j'ai vu des jeunes filles de quatorze à quinze ans. Les hussards qui les escortent frappaient dessus à coups de sabre. J'ai vu fendre la tête d'un homme qui n'avançait pas. [...] La foule des spectateurs applaudissait, riait, était charmée, et parmi ces spectateurs une quantité de messieurs et de dames [17]. »

Gobineau décrit également la réaction hystérique de la population versaillaise :

> « Sur les promenades de Versailles, on voit des soldats traînards revenant de Paris et entourés de promeneurs qui les interrogent :
>
> « — Moi, j'ai tué une femme, dit l'un. — Mois, j'ai expédié d'un coup de baïonnette un enfant incendiaire. — Vraiment, mon ami ? dit une dame respectable, son livre de messe à la main, et elle lui donne de l'argent [18]. »

16. Goncourt, *Journal*, 26 mai 1871.
17. J. Gobineau, *Lettres à deux Athéniennes*, Kauffmann éd., Athènes, 1936, lettre du 28 mai 1871.
18. J. Gobineau, *ibid.*

Dumas fils lui-même est écœuré par la cruauté de la foule versaillaise. Mais, dans l'ensemble, les écrivains sont les premiers à réclamer une répression implacable et sans merci, seule capable d'éviter un retour de la Commune.

Edmond de Goncourt ne cache pas sa satisfaction devant la répression :

> « C'est bon. Il n'y a eu ni conciliation, ni transaction. La solution a été brutale. Ç'a été de la force pure. La solution a retiré les âmes des lâches compromis. La solution a redonné confiance à l'armée qui a appris, dans le sang des *communeux*, qu'elle était encore capable de se battre. Enfin la saignée a été une saignée à blanc ; et les saignées comme celle-ci, en tuant la partie bataillante d'une population, ajournent d'une conscription la nouvelle révolution. C'est vingt ans de repos que l'ancienne société a devant elle, si le pouvoir ose tout ce qu'il peut oser en ce moment [19]. »

Leconte de Lisle partage les mêmes sentiments :

> « Enfin, c'est fini. J'espère que la répression sera telle que rien ne bougera plus, et, pour mon compte, je désirerais qu'elle fût radicale [20]. »

ainsi que le journaliste Francisque Sarcey :

> « Dût-on noyer cette insurrection dans le sang, dût-on l'ensevelir sous les ruines de la ville en feu, il n'y a pas de compromis possible. Si l'échafaud vient à être supprimé, il ne faudra le garder que pour les faiseurs de barricades [21]. »

et le républicain Anatole France :

> « Enfin le gouvernement du crime et de la démence pourrit à l'heure qu'il est dans les champs d'exécution [22]. »

Il en est même plusieurs pour estimer que la répression n'est pas assez sévère : Flaubert, par exemple, trouve les verdicts de Versailles trop cléments :

> « Je trouve qu'on aurait dû condamner aux galères toute la Commune et forcer ces sanglants imbéciles à déblayer les ruines de Paris, la chaîne au cou, en simples forçats. Mais

19. Goncourt, *Journal*, 31 mai 1871.
20. Leconte de Lisle, lettre du 29 mai 1871 à J.-M. de Hérédia.
21. F. Sarcey, *Le Drapeau tricolore*, 20 mai 1871.
22. Cité par S. Girard, *La Jeunesse d'Anatole France*, p. 208.

cela aurait blessé l'humanité. On est tendre pour les chiens enragés, et point pour ceux qu'ils ont mordus [23]. »

Tous pensent, de plus, qu'il ne suffit pas de réprimer, qu'il faut tirer les leçons de l'événement pour en éviter le retour. Au lendemain de la Commune vont se multiplier les essais, les études expliquant les causes de la Commune et des remèdes à employer dans l'avenir pour soigner un pays si « malade ».

23. G. Flaubert, *Correspondance,* lettre à George Sand, avant le 18 octobre 1871.

5

L'avenir de la France après la Commune. Les remèdes à la crise

Les écrivains, après l'écrasement de la Commune, vont se diviser en deux groupes :

— ceux qui, dégoûtés par l'événement, vont plus que jamais se tenir à l'écart de la politique et se réfugier dans « l'art pour l'art » ;

— ceux qui se sentent un rôle à jouer, dans de telles circonstances et qui veulent contribuer au relèvement du pays par leurs idées ou leur message. Certains écrivains adopteront tour à tour les deux attitudes.

Flaubert est de ceux qui se réfugient dans l'art pour oublier la réalité. Il se plonge dans la rédaction de *La Tentation de saint Antoine* :

> « Cette œuvre extravagante m'empêche de songer aux horreurs de Paris. Quand nous trouvons le monde trop mauvais, il faut se réfugier dans un autre. Le vieux mot " à la consolation des lettres " n'est pas un poncif [1] ! »

Il écrit encore le 6 septembre 1871 :

---

1. G. Flaubert, *Correspondance,* lettre n° 1174, à la princesse Mathilde, 3 mai 1871.

« Plus que jamais, je sens le besoin de vivre dans un monde à part, en haut d'une tour d'ivoire, bien en dessus de la fange où barbote le commun des hommes [2]. »

George Sand semble lui faire écho lorsqu'elle s'écrie :

« Ah ! si on n'avait pas le petit sanctuaire, la pagodine intérieure où, sans rien dire à personne, on se réfugie pour contempler et rêver le beau et le vrai, il faudrait dire : " A quoi bon ? " [3]. »

Cependant, Flaubert et George Sand vont, eux aussi, participer au débat politique qui s'ouvre en France au lendemain de la Commune.

Alexandre Dumas fils est un des premiers à entrer dans l'arène avec un article qui paraît dans la presse le 6 juin 1871 : *Une lettre sur les choses du jour.* Il s'agit d'une série de considérations politiques et moralisatrices sur la situation du pays.

Après avoir montré les errements de la république dans le passé, toutes les contradictions sur lesquelles la France vit depuis plus de quatre-vingts ans, les illusions, la vie facile et la dissolution de la vie morale qui ont entraîné la défaite de 1870 et la Commune de 1871, Dumas espère que le plus grand bien résultera de l'épreuve que la France traverse. Pour cela, il demande aux Français de ne plus penser à la politique pendant dix ans, de ne pas s'occuper du régime : république, monarchie ou empire, de se réunir autour de Thiers et de mener une vie pleine d'austérité et de sacrifices afin de refaire l'unité du pays et de se préparer à la revanche.

A cette fin, il faut se dégager de la démagogie et des intérêts particuliers et égoïstes. Après la Commune, des choses sont claires :

« Maintenant la question se pose nette et précise [...] :

« Il y a d'un côté :

Les gens qui possèdent,
Les gens qui travaillent,
Les gens qui savent.

« Il y a de l'autre côté :

Les gens qui ne possèdent pas,
Les gens qui ne travaillent pas,
Les gens qui ne savent pas.

---

2. G. Flaubert, *op. cit.*, lettre n° 1206, à la princesse Mathilde,
3. G. Sand, *Correspondance,* Nohant, 28 janvier 1872.

« Il faut que ceux qui possèdent viennent en aide, par tous les moyens, à ceux qui ne possèdent pas.

« Il faut que ceux qui travaillent fassent travailler ceux qui ne travaillent pas ou les exterminent impitoyablement s'ils s'y refusent. L'oisif doit disparaître du monde. Il faut que ceux qui savent renseignent, instruisent, élèvent ceux qui ne savent pas et, en attendant, les subordonnent, au nom du droit, de la justice, de la nature et de la société, parce que celui qui ne sait pas, quelle que soit la raison de son ignorance, est inférieur et doit être soumis à celui qui sait [4]. »

Presque tous les écrivains de droite reprennent ce thème de la division manichéenne de la société. Paul de Saint-Victor écrit notamment que cette catastrophe

« aura l'éclat du jugement dernier, tranchant en deux parties la nation : d'un côté, quelles que soient d'ailleurs leurs opinions diverses et leurs préférences légitimes, les élus de l'ordre, du devoir, de l'honnêteté, de la paix publique ; de l'autre, les réprouvés du brigandage et de l'anarchie [5]. »

Et il ne doit rien y avoir entre ces deux parties ; quiconque s'insurgera contre les principes de la société sera assimilable aux incendiaires et aux brigands. Il ne peut pas y avoir de moyen terme. Toute remise en question, même légère, même modérée, de l'ordre social porte en elle tous les excès que la France vient de connaître.

Ernest Feydeau déclare que le monde

« ... ne se laissera plus jamais surprendre ni séduire par les semblants de patriotisme des soi-disant libéraux et des prétendus novateurs. Désormais toute opinion avancée, en politique, en économie politique, même en philosophie, sera suspecte : le spectre de la démagogie, horrible, répugnant, ivre de sang et de vin, laissant briller l'or volé entre ses sales doigts, se dressera toujours par derrière [6]. »

Il reprend alors, presque mot pour mot, la division de la France en deux parties de Dumas fils. D'un côté toutes les qualités, de l'autre tous les vices et « rien, jamais rien entre

4. A. Dumas fils, *Une lettre sur les choses du jour,* Paris, Michel Lévy éd., 1871, p. 26.
5. P. de Saint-Victor, « L'Orgie rouge », *op. cit.,* p. 253.
6. E. Feydeau, *Consolation,* p. 112.

les deux, rien qu'une mer de sang, de rapines sans nom, [...] de mœurs de cannibales... » [7].

Pour défendre toutes les valeurs de la civilisation contre l'anarchie, la société doit être sans pitié et réprimer durement toute tentative d'opposition.

En effet, il est à craindre que « la canaille » ne recommence un jour ou l'autre. Certains, fatalistes, pensent que la bataille de la civilisation est déjà perdue.

La seule solution, selon Leconte de Lisle, serait de

> « déporter toute la canaille parisienne, mâles, femelles et petits, pour en finir avec les vengeances certaines qui n'attendent que leur heure ; mais il y a des mesures impossibles, et ce sont malheureusement les moins inexorables [8]. »
>
> « D'ailleurs tout n'est pas dit, et le jour de cette ruine totale n'est peut-être pas éloigné. Le prolétariat triomphera inévitablement, et ce sera la fin de la France. Après tout, ni les civilisations, ni les nations ne sont immortelles [9]. »

Tous perçoivent que le peuple a subi une défaite, mais que la guerre n'est pas terminée. Goncourt, parcourant les rues de Belleville au lendemain de la Commune, voit des gens dans les cabarets. Ils ont des « visages mauvaisement muets. L'apparence d'un quartier vaincu, mais non soumis » [10]. Gobineau constate de même que les problèmes ne sont pas réglés, qu'il reste

> « une population profondément pervertie, nombreuse, frémissante de colère » [11],

et qui saura bientôt redresser la tête. La comtesse de Ségur se fait l'écho des bruits qui circulent alors dans le pays :

> « Il y a encore 50 à 60 mille communeux disséminés dans les faubourgs de Paris et tout disposés à recommencer les massacres et les pillages [12]. »

Dans ces conditions, réclamer la clémence, demander l'amnistie, c'est vouloir la mort de la France, c'est être prussien.

---

7. E. Feydeau, *op. cit.*, p. 113.
8. Leconte de Lisle, *lettre à J.-M. de Hérédia,* 2 juin 1871.
9. Leconte de Lisle, *lettre à Jean Marras,* 3 novembre 1871.
10. Goncourt, *Journal,* 1er juin 1871.
11. A. de Gobineau, *Lettres à deux Athéniennes,* 28 mai 1871.
12. Comtesse de Ségur, *Lettres d'une grand-mère,* 5 juin 1871.

On ne peut imaginer aujourd'hui le déchaînement qu'a soulevé l'attitude de Victor Hugo refusant de condamner les communards et écrivant *L'Année terrible*. Voici, entre autres, la réaction de Barbey d'Aurevilly :

> « Il s'appelle M. Victor Hugo.
> Jusqu'ici on le croyait français. Démocrate, c'est vrai, avec la haine inconséquente, folle et plus souvent bête de la démocratie pour tout ce qui a fait, dans le passé, la gloire de la France. [...] On le croyait — et il ne l'est plus. [...]
> Le livre de M. Victor Hugo n'est qu'une élégie enflammée, violente, hypocrite et comminatoire sur les malheurs et les punitions de la Commune. De ses crimes, rien ! »

Puis, après avoir montré qu'en justifiant les communards, qui étaient des alliés des Prussiens, il s'est lui-même rangé du côté des Prussiens, il conclut :

> « Vous n'êtes donc, dans votre *Année terrible*, qu'un employé volontaire de la Prusse ; et s'il y a des gens qui, en vous lisant, ne le comprennent pas ou le nient, c'est que le cosmopolitisme leur a pourri dans le cœur le sentiment de la patrie, comme à vous ! Vous pouvez renoncer à la langue française, qui ne s'en plaindra pas ; car depuis longtemps vous l'avez assez éreintée. Ecrivez votre prochain livre en allemand [13]. »

Non, la seule méthode valable est la « manière forte » d'un gouvernement autoritaire et absolu.

> « Ce que je veux, ce qu'il me faut, et tout de suite, c'est un bâton, un fouet terrible, bien coupant, manié par une main ferme, et qui déchire, sans relâche ni pitié, tous les gredins suspects, tels que les socialistes de toutes couleurs, de vouloir faire le " bonheur de l'humanité " [14]. »

Ernest Renan, dans ses *Dialogues philosophiques*, pense que la solution serait dans la constitution d'une élite d'êtres intelligents, gouvernant et possédant seuls les secrets terribles de la science :

> « Le jour, en effet, où quelques privilégiés de la raison posséderaient le moyen de détruire la planète, leur souveraineté

---

13. Barbey d'Aurevilly, « Un poète prussien », 13 mai 1872, *Dernières Polémiques*, Paris, A. Savine éd., 1891, in-8°, pp. 43-48.
14. E. Feydeau, *Consolation*, p. 118.

serait créée ; ces privilégiés régneraient par la terreur absolue, puisqu'ils auraient dans leur main l'existence de tous [15]. »

Mais il ne suffit pas de la force, il faut réorganiser la société sur de nouvelles bases politiques et morales. La défaite de 1870, la Commune de 1871, il faut en chercher l'origine dans l'esprit républicain et platement démocratique qui éveille les convoitises et l'envie et pousse à un ravalement de la société. Et d'abord, les ennemis fondamentaux, ceux contre lesquels les écrivains se dressaient déjà avant la Commune, ce sont l'instruction primaire et le suffrage universel. Cette nouvelle société doit être aristocratique, que le régime soit monarchiste ou républicain.

Dès la fin mai 1871, les royalistes pensent profiter de l'échec de la Commune pour préparer une restauration :

> « Après Paris, j'espère qu'on s'occupera de remettre M. Thiers à sa place d'ambitieux dévoilé et qu'on votera une monarchie honnête, loyale, chrétienne et stable [16]. »

Le comte de Gobineau écrit un essai intitulé *La Troisième République et ce qu'elle vaut,* œuvre posthume, où le remède apparaît être une monarchie décentralisée.

Pour Renan, ce qui importe, ce sont les valeurs sur lesquelles doit être reconstruit le pays. Après avoir montré dans son livre de 1871 : *Réforme intellectuelle et morale de la France,* que l'égoïsme, source de socialisme, et la jalousie, source de la démocratie, ne peuvent produire qu'une société vulnérable, incapable de résister à de puissants voisins, il s'efforce de prouver que seule une organisation aristocratique, reconnaissant les supériorités naturelles, peut fonder une société forte, soucieuse de ses intérêts à long terme, alors que la masse ignorante des ouvriers et des paysans n'a qu'une vue superficielle de l'intérêt du pays et reste étrangère à tout but tant soit peu élevé. Un des premiers remèdes pour favoriser cette société aristocratique est de modifier le suffrage universel. Il faut instituer deux Chambres, dont une Chambre des capacités, formée des élites politiques, sociales, économiques et intellectuelles du pays. Pour la Chambre élue au suffrage universel, il prévoit de nombreux garde-fous : suffrage indirect à deux

15. E. Renan, *Dialogues philosophiques,* troisième dialogue, p. 616.
16. Comtesse de Ségur, *op. cit.,* lettre du 22 mai 1871.

degrés, vote familial, etc. Taine écrit un essai sur le suffrage universel qui va dans le même sens. Feydeau s'insurge contre

> « la prétention saugrenue de donner les mêmes droits politiques aux hommes les plus intelligents, les plus instruits d'une nation, et aux brutes qui ne sont bonnes qu'à se soûler, en même temps, avec le vin frelaté des cabarets et les doctrines du journal *Le Siècle* [17]. »

Flaubert partage entièrement les idées de Renan :

> « Le premier remède serait d'en finir avec le suffrage universel, la honte de l'esprit humain. Tel qu'il est constitué, un seul élément prévaut au détriment de tous les autres : le nombre domine l'esprit, l'instruction, la race et même l'argent qui vaut mieux que le nombre [18]. »
>
> « Dans une entreprise industrielle (société anonyme), chaque actionnaire vote en raison de son apport. Il en devrait être ainsi dans un gouvernement d'une nation. Je vaux bien vingt électeurs de Croisset [19]. »

Cela est justifié, dit Flaubert : le peuple sera toujours un éternel mineur, « parce qu'il est le nombre, la masse, l'illimité » [20].

> « Je crois que la foule, le troupeau sera toujours haïssable. Il n'y a d'important qu'un petit groupe d'esprits, toujours les mêmes et qui se repassent le flambeau [21]. »

Mais n'est-il pas déjà trop tard ? E. de Goncourt, dès le 11 juillet, se lamente dans son *Journal*, parce que le suffrage universel n'a pas été supprimé :

> « Quelle imprévoyance, quel ganachisme ! La société se meurt du suffrage universel. C'est, de l'aveu de tous, l'instrument fatal de sa ruine prochaine. Par lui, l'ignorance de la vile multitude gouverne. Par lui, l'armée est enlevée à la soumission, à la discipline, au devoir. Dire qu'au lendemain

---

17. E. Feydeau, *Consolation*, p. 77.
18. G. Flaubert, *Correspondance*, lettre à George Sand, Croisset, 8 septembre 1871.
19. G. Flaubert, *op. cit.*, lettre à George Sand, Paris, avant le 18 octobre 1871.
20. G. Flaubert, *op. cit.*, lettre à George Sand, Paris, 8 septembre 1871.
21. G. Flaubert, *loc. cit.*

de l'entrée des Versaillais, on pouvait tout, on pouvait l'impossible, et l'on n'a pas touché à ce suffrage mortel ! Ce M. Thiers est, il me semble, un sauveur de société à bien courte échéance [22]. »

George Sand, polémiquant avec Flaubert dans leur correspondance, pendant la Commune et par la suite, porte le débat dans la presse et écrit notamment dans *Le Temps* deux articles : *Réponse à un ami* (3 octobre 1871) et *Réponse à une amie* (14 novembre 1871). Elle répond à Flaubert que vouloir en revenir à l'organisation d'avant 1789, vouloir supprimer le suffrage universel est irréalisable, car cela entraînerait une nouvelle révolution.

> « Aucune constitution ne doit et ne peut restreindre la prétention d'un idiot à être un grand homme. »

Sans contester les idées de Flaubert sur le fond, elle montre que leur application est irréalisable. Plutôt que de risquer de nouveaux mouvements révolutionnaires en supprimant le suffrage universel, mieux vaut éduquer les masses dans un but d' « amélioration des mœurs et de réconciliation des intérêts » [23]. Sur ce point, elle est fondamentalement en désaccord avec le groupe d'auteurs que l'on vient d'examiner. Pour elle, l'éducation des masses est une protection contre un mouvement révolutionnaire nouveau, puisque ce mouvement s'appuie sur des ambitieux qui utilisent l'ignorance du peuple.

Au contraire, pour Taine, Renan, Flaubert, Goncourt, Barbey d'Aurevilly et la plupart des auteurs de droite ou « désengagés », l'instruction primaire laïque, gratuite et obligatoire est le second péril après le suffrage universel. Barbey d'Aurevilly insiste sur le mot obligatoire, montrant que, fondée sur l'autoritarisme, cette éducation est cependant un ferment de dissolution :

> « cette instruction qu'on *oblige* à recevoir et qui n'*obligera* jamais à obéir [24] ! »

On a vu comment Renan condamnait l'instruction pour tous au nom de la haute culture qui doit être fondée sur l'exploi-

22. GONCOURT, *Journal*, 11 juillet 1871.
23. G. SAND, *Réponse à un ami.*
24. BARBEY D'AUREVILLY, « Encore un signe des temps », 1er juin 1872, *Dernières Polémiques*, p. 62.

tation et l'ignorance du plus grand nombre [25]. Flaubert, sur ce point aussi, est influencé par Renan :

> « Peu importe que beaucoup de paysans sachent lire, mais il importe infiniment que beaucoup d'hommes comme Renan ou Littré puissent vivre et être écoutés [26]. »

Répondant à l'article de George Sand où elle prônait l'éducation des masses, Flaubert écrit :

> « ...l'instruction gratuite et obligatoire n'y fera rien qu'augmenter le nombre des imbéciles. [...] Le plus pressé est d'instruire les riches qui, en somme, sont les plus forts. Eclairez le bourgeois, d'abord, car il ne sait rien, absolument rien. Tout le rêve de la démocratie est d'élever le prolétaire au niveau de bêtise du bourgeois [27]. »

Il montre ensuite que, si l'instruction supérieure a donné la victoire à la Prusse, l'instruction secondaire a produit les hommes du 4 septembre et qu'enfin l'instruction primaire a produit la Commune. Il faut donc empêcher le développement de l'instruction primaire et, au contraire, développer l'instruction supérieure pour éduquer le bourgeois et créer une élite intellectuelle qui sera un exemple pour le pays entier. Flaubert montre ici son idéalisme total :

> « Imaginez [...] que, dans chaque commune, il y ait un bourgeois, un seul, ayant lu Bastiat et que ce bourgeois-là soit respecté : les choses changeraient [28]. »

En fin de compte, c'est sur le « riche », sur le « bourgeois » tant décrié jadis, que Flaubert compte aujourd'hui pour redresser la société.

Flaubert développe ces idées lorsqu'il adresse une *Lettre ouverte à la municipalité de Rouen* pour protester contre le fait que cette dernière n'ait pas autorisé le Comité des amis de Louis Bouilhet à élever une fontaine en souvenir du poète. *Le Temps* publie cette lettre le 26 janvier 1872 :

> « Conservateurs qui ne conservez rien [...]. La noblesse française s'est perdue pour avoir eu, pendant deux siècles, les sentiments d'une valetaille. La fin de la bourgeoisie com-

---

25. Cf. 1re partie, p. 31.
26. G. Flaubert, *Correspondance*, lettre à George Sand, 29 avril 1871.
27. G. Flaubert, *op. cit.*, lettre du 4 ou 5 octobre 1871.
28. G. Flaubert, *loc. cit.*

> mence parce qu'elle a ceux de la populace. Je ne vois pas qu'elle lise d'autres journaux, qu'elle se régale d'une musique différente, qu'elle ait des plaisirs plus relevés. Chez l'une comme chez l'autre, c'est le même amour de l'argent, le même respect du fait accompli, [...] la même haine de toute supériorité, le même esprit de dénigrement, la même crasse ignorance ! Pour être respecté par ce qui est en dessous, respectez donc ce qui est au-dessus ! Classes éclairées, éclairez-vous... »

On constate le renversement de la pensée de Flaubert. Il ne s'agit pas de se moquer du « bourgeois ». On ne peut plus se permettre ce luxe ; il faut aller au plus pressé. De nombreux écrivains croient le moment venu pour réaliser leurs idées aristocratiques en s'appuyant non plus sur le peuple, comme en 1848, mais sur la bourgeoisie enfin éclairée par le soulèvement de la Commune. Il faut pour cela que la bourgeoisie reconnaisse les supériorités intellectuelles, pour constituer une dictature du talent. A cette fin, il faut éclairer la bourgeoisie.

L'académicien Ludovic Halévy pense comme Flaubert :

> « Il ne faut pas écrire seulement pour les raffinés, les blasés et les délicats. [...] Il faut courageusement écrire pour les bourgeois, quand ce ne serait que pour tâcher de les dégrossir, de les *débourgeoiser* [29]. »

Dans les années qui ont suivi la Commune, toute une série d'écrits politiques, moraux ou philosophiques ont vu le jour dans le but d'« éclairer » les classes dirigeantes sur les événements que la France venait de traverser. Rarement le pays a connu une idéologie aussi réactionnaire que durant cette période où les classes dirigeantes, terrorisées, ont cru au « grand soir ». La plupart des écrivains, même ceux qui se voulaient désengagés ou « au-dessus de la mêlée », se sont alors sentis profondément liés à l'ordre social existant et ont fait bloc avec lui pour le défendre et condamner toute opposition populaire. Au lendemain de l'événement, ils se sont tous jetés dans la bataille, et des écrits comme ceux de Renan ont eu une influence certaine au moment où ils ont paru ; ils ont directement contribué à marquer la pensée de droite et d'extrême-droite de la fin du XIXe siècle et du début du XXe siècle.

---

29. L. HALÉVY, *Notes et Souvenirs, 1871-1872,* Paris, Calmann-Lévy éd., p. 149.

Ce qui est notable aussi, à travers tous ces témoignages, c'est que ces écrivains qui voulaient tant se démarquer de l'opinion commune avant 1870, qui proclamaient leur mépris du « bourgeois », ont, en face de la Commune, entièrement rallié l'opinion bourgeoise et même, sur certains points, se sont montrés plus exacerbés. L'événement a contribué à faire voler en éclats l'attitude d'indépendance que les écrivains avaient pu adopter lorsque le péril populaire était moins pressant.

III

La réaction littéraire des écrivains

NOUVELLES ET CONTES

1871 — A. DAUDET, *Lettres à un absent*

1872 — Victorien SARDOU, *Rabagas* (théâtre)

1873 — A. DAUDET, *Contes du lundi*

1874 — R. de MARICOURT, *La Commune en l'an 2073*

1882 — Emile ZOLA, *Jacques Damour*

1871 — 1872 — 1873 — 1874 — 1882 — 1884 — 1892 — 1893

1872 — Arsène HOUSSAYE, *Le Chien perdu et la Femme fusillée*

1872 — Anatole FRANCE, *Les Désirs de Jean Servien* (publié en 1882)

1882 — publication de *Jean Servien*

1892 — Emile ZOLA, *La Débâcle*

1892 — MONTEGUT, *Le Mur*

1893 — Elémir BOURGES, *Les Oiseaux s'envolent et les Fleurs tombent*

ROMANS

Considérations générales

Il existe un contraste frappant entre l'intérêt porté par les écrivains à l'événement et la faiblesse quantitative des œuvres littéraires anticommunardes.

En effet, les créations littéraires prenant pour sujet la Commune de Paris sont peu nombreuses. Presque aucun poème, en dehors du *Plus de sang* de Coppée, n'est écrit durant ou après la Commune. Ce fait est notable si l'on examine la littérature procommunarde où l'on trouve des poèmes en nombre illimité, depuis ceux de Rimbaud et de Verlaine jusqu'aux poèmes anonymes [1].

On ne remarque guère que cinq romans, quelques nouvelles et pièces de théâtre où il soit explicitement fait allusion à la Commune. Comment expliquer cette faiblesse ?

D'abord parce que plusieurs écrivains, effrayés par la réalité, se plongent dans un monde irréel : c'est la réaction que nous avons remarquée chez Flaubert, se consacrant à la rédaction de *La Tentation de saint Antoine* [2]. Toute une littérature tournée vers le passé, le fantastique, l'humour noir, va se développer à partir de 1871.

D'autres œuvres, bien que ne se rapportant pas à la Commune, donnent un reflet de l'épouvante éprouvée par la bourgeoisie à cette occasion. Cette peur se traduit d'abord par le caractère foncièrement pessimiste de la pensée des écrivains français de la fin du XIXe siècle. Elle se traduit ensuite par des

---

1. Cf. Jean VARLOOT, *Anthologie des poètes de la Commune*, Editions Sociales.
2. Cf. citations page 78.

thèmes, des images directement empruntés à la Commune de Paris.

Prenons comme exemple de cette influence indirecte, différée, le livre de Gobineau, *Les Pléiades*, écrit immédiatement après la Commune, *Germinal* de Zola, publié en 1885, et la pièce de théâtre de Claudel, *La Ville*, dont la première version a été composée en 1890.

Gobineau commence son livre en mars 1871, et tout le début restera marqué par le désenchantement et l'amertume de l'écrivain, effrayé par les communards et écœuré par les Versaillais. Il s'enferme dans un individualisme pessimiste et aristocratique qu'il peuple de créatures selon son cœur, aristocrates hautains, raffinés, anarchisants et réactionnaires. Il établit une distinction entre l'aristocratie, les « fils de Roi », 3 000 hommes dans toute l'Europe, et le reste de l'humanité pour lequel il réutilise les termes qu'il avait employés pour désigner les communards :

> « Contemplons ces multitudes qui grouillent et s'amassent. [...] Reconnaissez-vous la barbarie toute pleine [...], une sauvagerie louche, maussade, hargneuse, laide et qui tuera tout et ne créera rien... »

Dans cette masse, il distingue trois parties : les « imbéciles », les « drôles » et les « brutes » :

> « Et maintenant voilà les brutes. Les imbéciles les ont déchaînés ; les drôles poussent leurs troupeaux innombrables. Vous me demandez ce que je fais de ce pandémonium ?... J'en fais ce qu'il est, l'hébètement, la destruction et la mort. [...]
>
> « Je ne perçois, en effet, qu'un monde d'insectes de différentes espèces et de tailles diverses, armés de scies, de pinces, de tarières et d'autres instruments de ruine, attachés à jeter à terre mœurs, droits, lois, coutumes, ce que j'ai respecté, ce que j'ai aimé ; un monde qui brûle les villes, abat les cathédrales, ne veut plus de livres, ni de musique, ni de tableaux et substitue à tout la pomme de terre, le bœuf saignant et le vin bleu. Voudriez-vous épargner cette tourbe, si vous teniez entre les mains un moyen sûr de la détruire [3] ? »

On retrouve dans ces diatribes l'indignation et la peur de Gautier ou de Renan.

L'influence est beaucoup plus différée chez Claudel, né en 1868, et qui n'a connu la Commune qu'à travers les descriptions

3. A. DE GOBINEAU, *Les Pléiades*, l. I, chap. II.

livresques ou les récits du milieu social dans lequel il a été élevé. Le drame de *La Ville* évoque une cité où les ouvriers s'attaquant aux dirigeants, ravagent tout en allumant des incendies et tuent le roi dont la tête est dressée au bout d'une pique.

Claudel a écrit à sept ans d'intervalle deux versions du drame : la première, beaucoup plus réaliste, semble s'inspirer davantage de la Commune que la seconde. Les rapprochements sont nombreux : le peuple apparaît comme une masse grossière, ne sachant pas ce qu'elle veut, manipulée par des chefs ambitieux et aigris. Il ne pense qu'à la jouissance immédiate :

> « Pour nous, cochons, nous triomphons dans la ripaille [4]. »
>
> « QUELQU'UN. — Que va-t-il arriver ? Cela va nous mener loin.
>
> LE MÉCANICIEN. — Bah ! tout ira bien !
>
> LEROUGE. — Tant pis ! Nous verrons après ! En avant !
>
> LE PREMIER. — Je ne me sens pas de cœur à me faire tuer. Car une fois que nous aurons rempli nos poches de leur argent...
>
> UN AUTRE. — Eh bien ?
>
> Chic alors ! nous ferons la fête à notre tour [5] ! »

Et constamment, en fond de décor, le spectacle de cette ville en ruine où le feu flambe et ronfle « dix jours et dix nuits » [6].

Face à ce cataclysme, à cette menace terrifiante du « grand soir », Claudel ne voit de solution que dans le catholicisme et la renaissance de la ville sous une forme théocratique.

Quant à *Germinal* de Zola, racontant une grève ouvrière du Second Empire, nous verrons plus loin que des descriptions entières ont été inspirées par la Commune et préparent le livre que Zola consacrera plus tard à l'événement, *La Débâcle.*

Mais, en dehors de ces influences plus ou moins directes, pourquoi trouve-t-on si peu d'œuvres littéraires anticommunardes ?

Il est difficile d'abord de réussir une œuvre contre-révolutionnaire. Le souffle lyrique ou épique, l'enthousiasme se prêtent

---

4. P. CLAUDEL, *La Ville* (1re version), Théâtre, Gallimard éd., « La Pléïade », t. I, p. 386.
5. P. CLAUDEL, *op. cit.*, p. 362.
6. P. CLAUDEL, *op. cit.*, (2e version), p. 470.

à une fresque révolutionnaire, difficilement à une œuvre contre-révolutionnaire. Celle-ci est possible pour une révolution comme celle de 1789, où l'on peut opposer diverses tendances : les Girondins et les Montagnards, Danton ou Robespierre. Des écrivains royalistes comme Balzac ou Barbey d'Aurevilly peuvent écrire l'histoire romancée des Chouans, mouvement à la fois contre-révolutionnaire et populaire. On peut toujours utiliser la fibre tragique ou romantique pour raconter la fin de Louis XVI, de Marie-Antoinette et du dauphin, car ce sont là des personnages que l'on peut rendre sympathiques et positifs.

Rien de tel en 1871. La plupart des écrivains, pourtant violemment anticommunards, ne trouvent guère dans la répression matière à une œuvre littéraire. Thiers et les Versaillais, tout défenseurs de la civilisation qu'ils soient, ne sont guère « romanesques » et sympathiques ; ils peuvent difficilement fournir les héros positifs nécessaires à la création romanesque. Finalement, les écrivains favorables à l'aristocratie ne trouveront que trois types de héros positifs — nous entendons par là un personnage que l'auteur propose comme modèle au lecteur et auquel ce dernier est invité à s'assimiler : d'abord le soldat, souvent d'origine paysanne, avant tout patriote et fidèle au devoir et à l'ordre ; ensuite les personnages de la noblesse ; enfin les petites gens simples, consciencieux et travaillant avec ardeur sans s'occuper de politique. Ce sont de bons artisans, des petits commerçants, les « Humbles » de François Coppée. On peut noter que ces trois catégories n'appartiennent pas directement à la bourgeoisie. Pourtant, s'il n'y a pas de héros proprement bourgeois, ces catégories de héros positifs sont porteuses des valeurs bourgeoises, et la meilleure façon de démontrer l'universalité des valeurs bourgeoises n'est-elle pas de les faire endosser par d'autres catégories sociales ?

Autre raison du peu d'abondance de cette littérature : l'existence d'un matériel non littéraire si abondant[7], si codifié et stéréotypé ainsi qu'une pression de l'opinion bourgeoise telle que peu de place est laissée à une création originale de l'écrivain. La plupart des œuvres littéraires seront finalement de simples démarquages des articles de presse ou des histoires de la Commune, aussi bien dans la description des événements et des groupes que dans les images et le vocabulaire employés. De ce point de vue, il n'existe aucune autonomie de la création littéraire. Des écrits de 1871 aux romans de 1892-1893, cette

7. Cf. *supra*, 2ᵉ partie.

littérature se caractérise par son aspect immuable : l'esprit et même la lettre sont souvent identiques. Il semble que cette littérature soit indépendante aussi bien de la réalité historique sur laquelle elle s'appuie en théorie que de l'évolution de l'opinion qu'a connue cette période de vingt ans.

Qu'apporte donc la création littéraire par rapport à la réaction directe devant la Commune ?

On se trouve en face d'une littérature engagée qui a plusieurs fonctions.

Une première fonction est d'illustrer les idées politiques développées immédiatement après l'événement, de décrire de l'intérieur le processus vu jusqu'alors de l'extérieur.

Mais il s'agit surtout, comme on l'a vu pour la réaction immédiate, de détruire le sens de l'événement, de lui ôter son sérieux — en un mot de le *dépolitiser.* Or, pour cela, la littérature est un instrument tout à fait adéquat : elle remplace admirablement l'analyse des idées par l'analyse des *caractères.* La psychologie, la pathologie se substituent à une analyse de la situation politique, à la confrontation des groupes sociaux et des idées.

Le meilleur moyen de dépolitiser le mouvement est de le ramener à des cas caractériels, à des *types.* En effet, qu'est-ce qu'un type, sinon la négation de toute évolution, sinon le fait de tout expliquer par une essence, par une nature innée ?

On n'explique donc plus les actes de tel individu par ses idées : au contraire, ses idées ne sont que le développement de traits inhérents à sa nature, qu'il porte en lui depuis sa naissance et même souvent avant sa naissance, en vertu des lois de l'hérédité.

Ce trait — Sartre l'a très bien montré à propos de la mode des « physiologies » (le Concierge, le Boutiquier, l'Employé) — s'inspire avant tout du « biologisme social » des légitimistes et des ultras.

Il s'agit de « décrire les hommes comme des crabes et [de] donner pour des comportements zoologiques les conduites que la société leur impose » [8]. Dès lors, cette peinture de types fait l'économie d'une peinture de la société, puisque la société n'explique rien.

Ainsi tous les romans et nouvelles anticommunards vont se réduire, d'une part à la peinture de types et à leur confron-

8. J.-P. SARTRE, « La Conscience de classe chez Flaubert », *Les Temps modernes,* mai 1966, p. 1945.

tation comme seul moteur de l'évolution du roman, d'autre part à un fond de décor fait d'images et de tableaux suggestifs : incendies, orgies, meurtres, etc.

Enfin, ces romans vont avoir pour fonction de faire passer un message idéologique, souvent voilé, à travers des thèmes et des mythes entretenant la peur que la Commune avait suscitée, développant aussi une morale et un idéal bourgeois comme antidotes à la reproduction de tels événements.

autorité morale capable de les guider, de leur inculquer les valeurs morales telles que le respect de l'autorité et de la famille, la valeur de l'étude et du travail persévérant. Flattés dans tous leurs caprices, éduqués dans un véritable culte d'eux-mêmes et de leur réussite future, ils vont affronter, désarmés, la dure réalité de l'existence.

Une première leçon se dégage de ce trait, c'est l'importance de la famille dans l'éducation des enfants comme conservatoire des valeurs et des traditions. Son absence produit ce que Barrès appellera des *Déracinés.*

Un autre trait commun à tous ces jeunes gens est l'influence néfaste que les études vont avoir sur eux. Grâce aux sacrifices de leurs familles modestes, ces jeunes gens font des études qui développent en eux des idées romanesques et exaltées. Le père de Jean Servien apprend d'un ami de son fils, le sage et vertueux Garneret, que Jean est tombé amoureux d'une tragédienne. Le père se fait des reproches :

> « Je me dis que *l'instruction que je lui ai donnée l'a détourné du travail et de la vie pratique.* [...] Une tragédienne, dites-vous ? *Ces goûts-là doivent se prendre dans les collèges.* Du temps qu'il allait en classe, je prenais ses cahiers. [...] Hé bien ! monsieur Garneret, je fus effrayé de trouver dans ses devoirs tant de pensées exaltées [...], je me disais : Tous ces discours, toutes ces histoires, prises dans les livres des anciens Romains vont mettre en effervescence la tête de ce garçon et *il ne saura jamais la vérité des choses.* J'avais raison [...], et c'est le collège, voyez-vous, qui l'a rendu amoureux d'une tragédienne [3]. »

Maurice Levasseur, venu terminer ses études de droit à Paris, commet

> « de grandes fautes, toute une dissipation de tempérament faible et exalté, de l'argent qu'il avait jeté au feu, aux femmes, aux sottises de Paris dévorateur [...], sa famille s'était saignée pour faire de lui un monsieur [4]. »

On voit apparaître ici un thème majeur de la littérature anticommunarde : le procès de l'enseignement, que nous étudierons plus loin. Mais on peut déjà retenir deux aspects

2. E. Zola, *La Débâcle,* Paris, Fasquelle éd., 1958, p. 8.
3. A. France, *Les Désirs de Jean Servien,* Paris, Calmann-Lévy éd., p. 220. (C'est nous qui soulignons.)
4. E. Zola, *op. cit.,* p. 156.

négatifs de cet enseignement : il est malfaisant par son contenu corrupteur ; il est nuisible encore par les illusions qu'il sème chez ces jeunes gens d'origine modeste.

Jean Servien en est la triste illustration : il croit que son succès au baccalauréat lui ouvre toutes les portes, mais il oublie que, pour cela, il faut des relations, un certain milieu social ou, à défaut, de la volonté et de l'opiniâtreté. Or, justement, la culture qu'il a reçue lui a ôté toute ténacité et ne l'a mené qu'à des rêveries malsaines. Il rate son examen d'entrée dans la fonction publique, est renvoyé de l'école où il avait obtenu un poste de pion. Jean Servien devient dès lors un déclassé, selon la terminologie que Jean Dubois [5] illustre à partir du livre de Zola, *La Fortune des Rougon*, paru en 1871. En effet, Eugène Rougon reproche à ses parents d'avoir fait de lui et de son frère des déclassés. Les parents, d'origine paysanne,

> « ont donné à leurs enfants une instruction qui les rendait capables d'exercer des fonctions auxquelles socialement ils ne pouvaient accéder, d'où l'amertume ressentie par Eugène Rougon, et qui est née de la déception devant la réalité sociale. »

Jean Servien, lui aussi, a reçu une instruction au-dessus des fonctions auxquelles il pouvait avoir effectivement accès. Cette instruction, qui plus est, lui a donné des ambitions et des défauts qui le rendent inapte à accomplir un travail comme celui de son père, modeste relieur.

On retrouve là encore ce procès de l'éducation développé dans *Les Déracinés* de Barrès.

Ainsi tout en eux les a préparés à être des victimes ou des acteurs de la Commune. Leur instabilité, leur oisiveté, leur sensibilité exaltée et presque maladive (surtout chez Maurice Levasseur), leur aigreur devant les échecs rencontrés les conduiront à choisir la Commune à la fois par envie de revanche sociale et comme le moyen le plus rapide de réussir, mais aussi par croyance sincère dans le caractère humaniste et patriotique de la Commune. Le refus de faire du personnage du déclassé devenu communard un cas social très répandu à cette époque, l'explication presque exclusive par le « tempérament »

---

5. J. Dubois, *Le Vocabulaire politique et social en France de 1869 à 1872*, Paris, Larousse éd., 1962, p. 29.

sont significatifs de la volonté des auteurs de refuser une fois encore une explication politique et sociale.

A partir de là, leur adhésion à la Commune revêt rarement un sens politique. Jean Servien s'adonne à la politique par oisiveté, pour passer le temps.

> « Il lisait les journaux, se mêlait aux groupes formés sur les boulevards, suivait la foule ameutée des blouses blanches, et était de ceux qui huaient le commissaire de police pendant les trois sommations. Le désordre et les criailleries le grisaient. Son cœur battait, sa poitrine se gonflait, toute son âme s'exaltait au milieu de ces stupides bousculades. Enfin, après avoir piétiné côte à côte avec les badauds [...], la tête vague, grisé d'emphase et de tapage, il regagnait à travers les rues désertes le faubourg Saint-Germain [6]. »

Il partage la fièvre patriotique du siège et critique le gouvernement de défense nationale :

> « Il faut déposer les traîtres et les incapables qui nous gouvernent, proclamer la Commune et marcher tous contre les Prussiens [7]. »

C'est aussi par suite d'un patriotisme exacerbé et maladif que Maurice Levasseur devient communard au milieu de l'atmosphère enfiévrée de Paris. Son éducation contribue grandement à lui brouiller l'esprit :

> « La Commune lui apparaissait comme une vengeresse des hontes endurées [...]. Cela n'était pas très clair dans son esprit, le lettré en lui évoquait simplement des souvenirs classiques, des villes libres et triomphantes, des fédérations de riches provinces imposant leur loi au monde [8]. »

Pour Adolphe Ducharme, les motivations sont plus accidentelles : il s'est fait parmi les chefs de la Commune des amis qui l'influencent et il a aussi le désir de se venger d'un noble versaillais qui a déshonoré sa sœur.

A partir de là, il est facile de prévoir qu'ils vont être déçus par la Commune, par ses « orgies », ses « voyous », les incendies et les assassinats des otages. Ils vont se livrer, à plus ou moins brève échéance, à une autocritique. Ils condamneront alors la Commune, reconnaissant que les Versaillais avaient raison

---

6. A. France, *op. cit.*, pp. 196-197.
7. A. France, *op. cit.*, p. 203.
8. E. Zola, *op. cit.*, p. 464.

et que seuls leurs mauvais penchants et leurs défauts les ont entraînés dans une telle aventure. Jean Servien est le premier à prendre conscience du néant que représente la cause de la Commune en voyant les communards et leur « stupidité ». Il refuse de participer au mouvement, mais, par un hasard dérisoire, il se fait arrêter durant la Semaine sanglante par les communards à la suite d'une méprise ridicule. Il est fusillé par une cantinière frénétique et hystérique. Avant de mourir, il a eu le temps de constater

> « que la justice n'avait rien à voir dans son affaire ni dans celle des prêtres et des gendarmes enfermés dans les mêmes murs. Il ne cherchait plus à raisonner avec la folie furieuse de la Commune » [9].

Adolphe Ducharme et Maurice Levasseur, malgré le dégoût que leur inspirent les communards, se laissent emporter par leur folie ou leur exaltation. Lorsqu'ils auront compris la vanité de leur entreprise, il sera trop tard pour revenir en arrière. Au contraire, désespérés et sans illusions, ils se lancent dans une fuite en avant, en cherchant la mort sur les barricades. Maurice Levasseur mourra, tué par son ami, le paysan Jean Macquart, qui est du côté des Versaillais. Avant de mourir, il condamnera systématiquement la Commune et justifiera la répression versaillaise.

Adolphe Ducharme, blessé par son ami Henryet sur une barricade, sera finalement condamné à la déportation en Océanie. Lui aussi aura fait, entre-temps, son autocritique. Ainsi tout finit bien pour les auteurs : ces déclassés petits-bourgeois n'ont été que des isolés et ils réintègrent par leur repentir final le grand parti de l'ordre, de la famille, du travail et de la patrie. Leur vie ratée et inutile aura au moins prouvé la vanité de la révolte contre la société et montré les motivations purement personnelles et caractérielles de ces déclassés qui ont pris position pour la Commune. Les remèdes à apporter à de tels cas doivent être cherchés dans un renforcement du rôle de la famille et dans une réforme de l'éducation. C'est encore une leçon donnée à la petite bourgeoisie : il ne faut pas vouloir viser trop haut ; il vaut mieux s'en tenir à la place modeste mais sûre pour laquelle nous avons été faits plutôt que d'entretenir des illusions néfastes.

---

9. A. France, *op. cit.*, p. 240.

Une variante de ce déclassé petit-bourgeois est fournie par Rabagas, le héros de Victorien Sardou, qui a les mêmes origines, mais qui, lui, veut satisfaire son ambition par la politique. Avocat de profession dans la principauté de Monaco, il est le chef d'un parti extrémiste qui cherche à proclamer la République. Mais cet ambitieux, qui méprise en réalité le peuple et ses partisans, sera pris au propre piège de son ambition. Le jour même où la révolution doit éclater, il est convoqué au palais et accepte sur-le-champ le poste de Premier ministre qu'on lui offre. Ayant atteint son but véritable, qui est sa propre réussite, il veut alors arrêter la révolution, mais ses anciens partisans ne l'entendent pas ainsi et commencent l'insurrection. Rabagas, « retournant sa veste », la mate férocement en une journée. Le prince de Monaco, n'ayant plus à craindre ce personnage qui est désormais déconsidéré, le révoque et rétablit son pouvoir.

Ce personnage est une véritable marionnette, un pantin ridicule qui se veut le portrait des chefs de la Commune, déclassés rongés par l'ambition, selon le dogme établi que nous avons précédemment examiné.

II. Le mauvais ouvrier.

L'ouvrier socialiste ivrogne, pervers et agitateur est présent dans presque toutes les œuvres. Une fois encore, on se trouve non devant un type social mais devant un type caractériel qui relève de la pathologie. Il s'agit d'un individu qui est né fainéant, noceur, lâche, égoïste, sournois, nuisible parce que pervertisseur.

On trouve ce type sous une forme plus atténuée, plus générale, plus riante dans le conte de Daudet *Arthur,* qui décrit un ménage ouvrier où le mari, Arthur, rentre le samedi à une heure du matin après avoir bu au bistrot toute sa paye de la semaine. Un tapage s'ensuit, Arthur bat sa femme :

> « Puis un juron, des coups sourds... c'est l'ivrogne qui se vengeait. Une fois en train de battre, il ne s'arrêtait plus. Tout ce qu'il y a de mauvais, de destructeur dans ces affreux vins de barrière lui montait au cerveau et voulait sortir [10]. »

10. A. DAUDET, « Arthur », *Contes du lundi,* Paris, Nelson éd., p. 255.

On apprend, au cours de la dispute, qu'Arthur vient de passer deux ans en prison pour vol. Le lendemain, Arthur est apaisé et dégrisé. Il discute sur le balcon avec les voisins, faisant l'aimable et le bel esprit :

> « Il prenait pour parler une voix blanche, doucereuse, déclamait des bouts d'idées ramassées un peu partout, sur les droits de l'ouvrier, la tyrannie du capital. [...] Tout cela n'empêchait pas que, le samedi suivant, Arthur mangeait sa paye, battait sa femme, et qu'il y avait là, dans ce bouge, un tas d'autres petits Arthur, n'attendant que d'avoir l'âge de leur père pour manger leur paye, battre leurs femmes [...]. Et c'est cette *race-là* [11] qui voudrait gouverner le monde [12] ! »

L'attaque s'adresse ici à toute une classe — une race, dit textuellement Daudet ; cela rejoint l'affirmation de Louis Chevalier [13] : la vision est en fin de compte raciale. Les conflits sociaux, les problèmes politiques et économiques sont masqués derrière des oppositions de type racial.

Si Arthur et tous les futurs Arthur boivent leur paye, battent leurs femmes, volent ou ont des idées révolutionnaires, ce n'est pas, pour Daudet, en raison de leurs conditions de vie, de la situation sociale et économique qu'on leur impose, c'est parce qu'« ils sont comme ça » : ils naissent avec ces tares congénitales, c'est leur tempérament, « ils ont ça dans le sang », comme le dit Alphonse Daudet dans un autre conte, *Les Trois sommations*. Dans ce conte, Daudet expose les propos d'un jeune menuisier, Bellissaire, au lendemain de la Commune. Ce menuisier explique pourquoi les Parisiens sont révolutionnaires :

> « Le Parisien aime l'émeute, et rien ne pourra lui enlever ce *goût-là ! On a ça dans le sang*. Qu'est-ce que vous voulez ? *Ce n'est pas tant la politique qui nous amuse,* c'est le train qu'elle fait : les ateliers fermés, les rassemblements, la flâne, et puis encore *quelque chose de plus que je ne saurais vous dire*. Pour bien comprendre cela, il faut être né, comme moi, rue de l'Orillon, dans un atelier de menuisier [14]. »

---

11. Souligné par nous.
12. A. Daudet, *op. cit.*, pp. 257-258.
13. Cf. *supra*, p. 23.
14. A. Daudet, « Les Trois Sommations », *Contes du lundi*, p. 259. (Souligné par nous.)

A travers ces contes de Daudet, sur un ton badin, amusé, gentil, on trouve en réalité une condamnation globale, raciale, de la classe ouvrière. L'ouvrier est un ivrogne, un fainéant, un véritable enfant, naïf et crédule qui se laisse entraîner dans tous les mouvements révolutionnaires parce qu'il a « ça dans le sang ». Sur cette vision générale se détache le type du mauvais ouvrier. Nous en emprunterons essentiellement les traits à Zola dont presque tous les romans présentent ce type.

Ce personnage s'élabore, dès *Thérèse Raquin*, en 1869, avec le portrait de Laurent, l'amant de Thérèse, employé à la gare du chemin de fer d'Orléans :

> « Au fond c'était un paresseux, ayant des appétits sanguins, des désirs très arrêtés de jouissances faciles et durables. Ce grand corps puissant ne demandait qu'à ne rien faire, qu'à se vautrer dans une oisiveté et un assouvissement de toutes les heures. Il aurait voulu bien manger, bien dormir, contenter largement ses passions, sans remuer de place, sans courir la mauvaise chance d'une fatigue quelconque. [...] Il rêvait une vie de volupté à bon marché, une belle vie pleine de femmes, de repos sur des divans, de mangeailles et de soûleries [15]. »

N'est-ce pas, préfiguré, l'idéal, selon les écrivains, de l'ouvrier communard ? Ce personnage, Zola le reprend en 1884, dans une longue nouvelle, *Jacques Damour*, consacrée à la Commune. Il s'agit cette fois de Berru, « grand diable de peintre en bâtiment » [16]. Ce Berru est le pique-assiette jouisseur avec « une large bouche qui engloutissait les meilleurs morceaux » [17]. Il s'installe carrément chez un couple d'ouvriers. Le mari, Jacques Damour, est un ciseleur sur métaux, c'est-à-dire un métier hautement spécialisé qui lui permet de gagner jusqu'à 12 francs par jour. Le couple est heureux, vit honnêtement et fait des économies : « Plus de 1 000 francs à la Caisse d'épargne [18]. » Cependant, le lundi, Jacques et son fils s'attardent souvent chez les marchands de vin comme l'Arthur de Daudet.

---

15. E. Zola, *Thérèse Raquin*, Paris, Fasquelle éd., 1956, p. 41.
16. Le mauvais ouvrier est dans la plupart des cas peintre en bâtiment, reflet du caractère très politisé de cette profession à l'époque ; dès avant la Commune, le mauvais ouvrier ivrogne et jouisseur, dans *Germinie Lacerteux*, des Goncourt, était un peintre en bâtiment.
17. E. Zola, « Jacques Damour », *Naïs Micoulin*, Paris, G. Charpentier, éd., 1884, p. 318.
18. E. Zola, *op. cit.*, p. 317.

Cet ouvrier, paisible et naïf, va se laisser pervertir par Berru qui mange tous les jours chez lui. Berru se met à parler politique durant le siège. Félicie a beau s'indigner des propos « pas honnêtes » [19] de Berru, Jacques Damour se laisse peu à peu convaincre par lui.

> « Elle [Félicie] voyait que Damour changeait, prenait des façons, employait des mots qui ne lui plaisaient guère [20]. »

C'est là un trait fondamental. On ne peut, selon Zola, devenir révolutionnaire et socialiste sans que tout l'individu ne se modifie. La perversion intellectuelle s'accompagne fatalement d'une perversion des mœurs : de même, Maurice Levasseur, à partir du moment où il devient franchement communard, se met à boire et à prendre des façons qui tranchent avec sa nature douce et délicate.

Ainsi, ou les idées influent sur le physique, ou le physique amène à avoir certaines idées. Ce qui explique que, pour faire le portrait du socialiste, du révolutionnaire, Zola le définisse presque uniquement par son aspect extérieur et par sa mentalité. Ce Berru, qui tient des propos démagogiques et patriotiques, est en réalité un lâche et un planqué durant le premier siège :

> « Ce grand diable de Berru qui criait tant n'était pas assez bête pour aller attraper des coups de fusil. Il avait eu l'habileté d'obtenir une bonne place dans l'intendance, ce qui ne l'empêchait pas, quand il venait en uniforme, avec des plumets et des galons, d'exalter les idées de Damour par des discours où il parlait de fusiller les ministres [21]. »

C'est une condamnation directe du patriotisme des communards qui n'est que forfanterie et apparence ; en réalité, ils sont fondamentalement lâches. Après avoir obtenu un bon poste durant la Commune et s'être empiffré pendant trois mois, Berru « file trois jours avant l'entrée des Troupes et on ne l'inquiétera même pas » [22].

Au contraire, Jacques Damour qui a combattu jusqu'au bout sur les barricades, complètement exalté et délirant, est condamné à la déportation à Nouméa. Berru, revenant à Paris

---

19. E. Zola, *op. cit.*, p. 320.
20. E. Zola, *loc. cit.*
21. E. Zola, *op. cit.*, p. 324.
22. E. Zola, *op. cit.*, p. 328.

peu après, cherchera vainement à devenir l'amant de Félicie, la femme de Jacques Damour. Telle est la première ébauche de l'ouvrier communard. Jouisseur, fainéant, lâche, beau parleur et pervertisseur, mauvais camarade avec son ami qu'il fait prendre alors que lui s'en tire sans courir le moindre danger.

On le retrouve encore plus complet, plus méchant, huit ans après[23] sous les traits de Chouteau :

> « C'était le pervertisseur, le mauvais ouvrier de Montmartre, le peintre en bâtiment flâneur et noceur, ayant mal digéré les bouts de discours entendus dans les réunions publiques, mêlant les âneries révoltantes aux grands principes d'égalité et de liberté. Il savait tout, il endoctrinait les camarades, surtout Lapoulle dont il avait promis de faire un gaillard[24]. »

Durant la guerre de 1870, il essaye de profiter des défaites pour « pervertir » les soldats de son régiment :

> « La perversion agissait et Chouteau alors triompha, en sortant ses théories où roulaient dans un flot trouble la République, les Droits de l'Homme, la pourriture de l'Empire qu'il fallait jeter bas, la trahison de tous les chefs qui commandaient, vendus pour un million, ainsi que cela était prouvé[25]. »

Chouteau est bien « le théoricien de cabaret, gâtant les quelques idées justes, attrapées çà et là, dans le plus effroyable mélange d'âneries et de mensonges »[26].

Entre Berru et Chouteau, il y a aussi Canon, l'orateur d'auberge, le socialiste de *La Terre*, cynique, plein de bagout, parlant toujours « renversé sur la chaise », assez vil, qui propose de grosses joies terrestres et le déchaînement des appétits :

> « Hein ? mes bougres, dites-vous qu'on va s'entendre pour que chacun s'en donne par-dessus la tête, avec le moins de travail possible ! [...] peut-être même qu'on arrivera à se croiser complètement les bras. Et partout des plaisirs, tous les besoins cultivés et contentés, oui ! de la viande, du vin, des femmes, trois fois davantage qu'on n'en peut prendre aujourd'hui, [...] toute la science mise à se la couler douce[27] ! »

23, 24. E. Zola, *La Débâcle*, 1892.
25. E. Zola, *op. cit.*, p. 40, 41.
26. E. Zola, *op. cit.*, p. 184.
27. E. Zola, *La Terre*, Livre de poche IVe partie, V, p. 361.

On voit la filiation entre Laurent, Berru, Canon et Chouteau. Mais Chouteau va se révéler comme le plus terrible de tous dans *La Débâcle* : fainéant, égoïste, ce socialiste vole la part des autres :

> « Loubet et Chouteau le [Maurice Levasseur] révoltaient par leur égoïsme sournois, volant ce qu'ils pouvaient, ne partageant jamais avec les camarades [28]. »

Il pousse ses camarades à tuer un soldat calotin. Devant le combat, comme Berru, il fuit, trouvant toujours un moyen pour éviter la bataille. Chouteau va se montrer répugnant et ignoble sous tous les aspects : bandit, traître, voleur, assassin. Après cela, il n'est pas étonnant de le retrouver du côté de la Commune où il ne tarde pas à réaliser ses rêves :

> « Ce Chouteau, installé au palais de la Légion d'honneur, vivant là en compagnie d'une maîtresse dans une bombance continuelle, s'allongeant avec ses bottes au milieu des grands lits somptueux, cassant les glaces à coups de revolver, pour rire. Même on assurait que sa maîtresse [...] partait chaque matin en voiture de gala, déménageant des ballots de linge volé, des pendules et jusqu'à des meubles [29]. »

Il participe aux incendies de Paris, puis, comme Berru, évite la répression en se faisant passer pour Versaillais. On le voit, alors qu'on est en train de fusiller une pétroleuse,

> « sous l'honnête blouse blanche d'un ouvrier assistant à l'exécution avec des gestes approbateurs » [30].

III. Le voyou.

Plus horrible encore que le mauvais ouvrier dont il est l'aboutissement logique, voici le voyou. Le mauvais ouvrier, même fainéant, travaille encore, le voyou, lui, refuse la plupart du temps tout travail et vit dans l'oisiveté.

Le mauvais ouvrier est physiquement « un grand gaillard », fort et bien bâti ; le voyou est souvent petit, mince : c'est une vraie vipère. Il complète le mauvais ouvrier. Il en a tous

28. E. Zola, *La Débâcle*, p. 352.
29. E. Zola, *op. cit.*, p. 471.
30. E. Zola, *op. cit.*, p. 494.

les vices sans en avoir les qualités. C'est le Mal fait homme, le traître des mélodrames adapté à la Commune. On le trouve avec tous ses défauts dans le personnage de Sabouleux du *Mur* de Montégut (1892) et, plus épisodiquement, dans les romans d'Arsène Houssaye à travers divers personnages.

Voici, dans le chapitre « Un dialogue des morts », du roman de Houssaye, la profession de foi du voyou face au travail :

> « Travailler ? pas si bête ! je n'ai jamais voulu donner ma sueur à ces fainéants de bourgeois. Ma mère m'a mené un jour à l'atelier ; mais elle n'a pas recommencé le lendemain parce que je lui ai f... un coup de pied dans le ventre. La vieille harpie ! elle voulait vivre de mes bras [31]. »

Voilà le portrait d'un autre voyou, Casse-Cou, dans le même roman :

> « On amena une créature plus ou moins humaine qui tenait de l'homme et du gamin. [...] tout aussi parfait dans son imperfection — lâche, cruel, blagueur, bravache — toutes les vertus des barricardiers patentés [32]. »

Ce voyou, pour sauver sa vie, dénonce aux Versaillais des chefs communards. Le capitaine versaillais, noble et grand cœur, refuse d'exécuter les chefs communards, mais, par contre, ordonne de fusiller le voyou Casse-Cou :

> « Fusillez-moi ce traître.
> « Les soldats dirent à Casse-Cou de se lever pour recevoir la mort ; mais il n'était pas de ceux qui attendent la mort debout ; on le fusilla dans le ruisseau comme un chien enragé. [...] Le monde était délivré d'une abjecte créature qu'il fallait rejeter au néant. La vie s'était trompée, la mort devait passer à son creuset ce vert-de-gris [33]. »

L'abject Sabouleux de Montégut meurt dans les mêmes conditions, recroquevillé dans le coin d'une pièce :

> « On le fusilla à bout portant, dans le dos, comme un grand reptile [34]. »

Montégut fait le portrait de ce Sabouleux :

31. A. HOUSSAYE, *Le Chien perdu et la femme fusillée*, t. I, l. II, p. 289.
32. A. HOUSSAYE, *op. cit.*, t. I, l. II, p. 303.
33. A. HOUSSAYE, *op. cit.*, t. I, l. II, p. 309.
34. M. MONTÉGUT, *Le Mur*, Paris, E. Dentu éd., 1892, p. 309.

« Il était petit, maigre, roux, laid, venimeux, détestable. Il parla très haut d'une voix stridente, enragée de secrètes rancune [35]. »

« Sa rage universelle, à l'origine, venait sans doute de sa laideur, de sa chétivité, d'une enfance souffreteuse et persécutée ; son unique ambition était de ne rien faire, si ce n'est le mal ; il était paresseux et méchant. Travailler ? Non ! être exploité ? jamais [36] ! »

Ayant commis un assassinat, il est nommé chef de bataillon par la Commune. Il cherche alors à se venger de tous ceux qui le méprisaient dans son quartier avant la Commune et dresse des listes de gens à fusiller.

Il passe son temps à parader, à raconter des exploits imaginaires, à boire et à faire des orgies. A la fin de la Commune, il est nommé à la tête d'une bande de perquisitionneurs. Il fait arrêter et fusiller de nombreux braves gens.

« Par sa férocité, sa bestialité, il tenait sa bande [...], il était le plus affreux de corps, le plus affreux d'âme de ce ramassis de fripouilles ; le plus petit par la taille, le plus grand par l'ignominie, la lâcheté victorieuse, l'appétit de la mort [37]. »

Sans se lasser, les écrivains accumulent les « qualités » de tels personnages. En effet, l'existence de ces individus au sein de la Commune prouve le caractère fondamentalement mauvais de celle-ci. C'est ce que Zola fait dire à Maurice Levasseur parlant de Chouteau :

« L'œuvre terrible pouvait donc être mauvaise, qu'un tel homme en était l'ouvrier [38]. »

Avec le mauvais ouvrier et le voyou, on se trouve en présence de types raciaux, d'individus mauvais par nature. A de tels individus, la Commune a fourni un tremplin pour réaliser toutes les virtualités mauvaises qui étaient en eux. Tous ces portraits suscitent l'association du couple communard-criminel qu'on retrouve dans l'ébauche de *Germinal,* où Zola écrit à propos de l'ouvrier socialiste Etienne Lautier :

35. M. Montégut, *op. cit.*, p. 16.
36. M. Montégut, *op. cit.*, pp. 32-33.
37. M. Montégut, *op. cit.*, p. 201.
38. E. Zola, *La Débâcle,* p. 471.

« Il faut le faire sortir de la mine, encore plus révolté qu'il n'y entre, le préparer pour le crime de mon roman sur les chemins de fer et surtout pour la Commune. »

Roger Ripoll, commentant ce texte, écrit :

« Pour le Zola qui prépare *Germinal,* il n'y a pas de différence entre un communard et un criminel [39]. »

Etienne aussi a donc le crime « dans le sang » et il ne peut rien faire pour lutter contre le meurtre qu'il porte en lui :

« Etienne, à ce moment, devint fou. Ses yeux se noyèrent d'une vapeur rouge, sa gorge s'était congestionnée d'un flot de sang. Le besoin de tuer le prenait, irrésistible, un besoin physique, l'excitation sanguine d'une muqueuse qui détermine un violent accès de toux. Cela monta, éclata en dehors de sa volonté, sous la poussée de la lésion ***héréditaire***. [...]

Toutes ses luttes lui revenaient à la mémoire, cet inutile combat contre le poison qui dormait dans ses muscles, l'alcool lentement accumulé de sa *race* [40]. »

Les portraits de « voyous » inspirés par la Commune abondent dans *Germinal.* Voici celui de Jeanlin, le fils du mineur Maheu. Il tue un soldat parce que, lui aussi, a cette envie « dans le sang » :

« Jeanlin se ramassa, se traîna sur les mains avec un renflement félin de sa maigre échine ; et ses larges oreilles, ses yeux verts, ses mâchoires saillantes, frémissaient et flambaient dans la secousse de son mauvais coup.

« — Nom de Dieu ! Pourquoi as-tu fait ça ?

« — *Je ne sais pas, j'en avais envie* [41]. »

Il s'agit bien là de cette race nuisible, de bêtes enragées, de ces nouveaux Barbares qui effrayaient tous les bourgeois, mais, encore une fois, la politique n'a rien à voir là-dedans.

Elle n'a rien à voir non plus avec la communarde qui, dans la littérature anticommunarde, devient un type zoologique.

---

39. R. Ripoll, « Zola et les communards » *Europe,* avril-mai 1968.
40. E. Zola, *Germinal,* Fasquelle éd., 1963, 7e partie, chap. 5, pp. 420-421. (Souligné par nous.)
41. E. Zola, *op. cit.,* p. 347. (Souligné par nous.)

IV. La communarde.

Ce type est une reprise du portrait de la communarde fait par les journaux au lendemain de la Commune. On y retrouve la mysoginie propre aux écrivains de l'époque [42]. La communarde devient une véritable hydre obscène, sadique, hystérique et cruelle. On trouve dans *Les Désirs de Jean Servien* un exemplaire représentatif de toute « l'espèce », une cantinière qui a fait prisonnier Jean Servien et veut le faire exécuter :

> « La cantinière s'agitait devant lui. Echevelée sous son képi galonné, ample de poitrine, cambrée des reins, dressée fièrement sur ses jambes fines et fortes, elle avait la puissance d'une magnifique bête féroce. De sa petite bouche toute ronde sortaient des menaces obscènes, elle agitait un revolver. »

Elle veut forcer les fédérés à fusiller Jean Servien :

> « Elle les menaçait, interpellait chacun par quelque surnom ignoble et, passant devant eux avec un balancement de sa croupe puissante, les enveloppait et les pénétrait de son influence. [...] Feu ! feu ! répète la femme avec une obstination d'enfant colère. Elle avait traversé la bataille, cette fille ! elle avait bu à même les tonneaux défoncés et dormi sur le dos pêle-mêle avec les hommes... »

Cependant les fédérés s'enfuient à l'annonce de l'approche des Versaillais mais la cantinière veut avoir un homme tué pour elle :

> « Elle se jeta sur Jean Servien, lui cracha au visage, se livra du geste et de la voix à des farces d'une obscénité frénétique et lui mit le canon du revolver sur la tempe, [...] le revolver partit. Jean battit l'air de ses bras et tomba la face en avant. Les hommes l'achevèrent à coups de baïonnette, puis la femme dansa sur le cadavre en poussant des cris de joie [43]. »

On ne saurait pousser plus loin la caricature. Finalement la réalité même de la Commune n'est plus le support de la création littéraire, mais un simple prétexte. Il semble que l'écri-

42. Cf., chapitre 2, pp. 63-64.
43. A. France, *Les Désirs de Jean Servien*, Paris, Calmann-Lévy éd., pp. 244-247.

vain qui aborde un type ou un thème de la Commune continue la tradition littéraire léguée par les autres écrivains et s'enferme dans le cadre qu'ils lui fournissent, n'apportant au canevas traditionnel que quelques légères modifications. Les images et les mythes du jeune déclassé exalté, du voyou, du mauvais ouvrier, de la communarde obscène et frénétique deviennent en quelque sorte des types classiques, ayant des caractéristiques bien définies qu'on explicite dans un vocabulaire figé. A vingt ans d'intervalle, il n'y a aucune évolution, alors même que l'opinion, durant ces vingt ans, avait considérablement évolué vis-à-vis du problème de la Commune, puisqu'à la colère et à la haine avaient succédé l'apaisement et presque l'oubli.

Les simples modifications se font au moyen de descriptions de plus en plus énormes et presque surréalistes, comme dans cette vision d'Elémir Bourges, écrivain très goûté par les cénacles réactionnaires, près de vingt-deux ans après la Commune ; il s'agit d'une scène d'orgie sur les hauteurs du Père-Lachaise durant la Semaine sanglante. Des fédérés se mettent à danser :

> « Deux chaudrons reçurent le vin noir. Les danseurs s'y plongeaient la face, puis repartaient plus furieusement. Un nègre, en manteau de spahi, tout roidi de pétrole, se roulait la tête d'une épaule à l'autre ; cinq ou six prostituées, habillées de satin jaune et vert, et leurs seins énormes couverts de fard blanc, bondissaient, retroussées jusqu'aux cuisses. Bientôt les femmes entrèrent en démence. Ecumantes, le sabre au poing, elles hurlaient, frappaient l'air, se tordaient comme des Ménades. Plusieurs se prirent de querelle, et l'une d'elles tomba aussitôt l'épaule presque détachée d'un revers de sabre. Mais son ennemie se rua, et le pied posé contre son flanc, elle arracha le bras et le jeta au loin. Alors toutes, se précipitant, mirent la victime en morceaux, la hachant, la déchirant de leurs sabres, l'une emportant un pied, l'autre une main. Puis, riant frénétiquement, elles se jetaient, comme des balles, les membres palpitants, et de hideux lambeaux sanglants pendaient aux grilles des tombeaux et des branches. Une femme saisit le cœur, le fixa au bout de sa latte, et elle courait çà et là, à travers la ronde, en vociférant : A deux sous, le cœur de Jésus ! tandis que sous le ciel de flamme, la danse furibonde continuait [44]. »

44. E. Bourges, *Les Oiseaux s'envolent et les fleurs tombent.* (1893), Paris, Stock éd., 1942, t. I, p. 43.

Il y a, semble-t-il, une véritable attirance, une fascination des écrivains à décrire de telles scènes troubles où se mêlent sadisme et obscénités. Cette description de la communarde revient, lancinante, à travers de nombreuses œuvres dans un mouvement contradictoire d'attirance et de répulsion.

Zola, notamment, est amené spontanément à introduire dans ses descriptions des luttes ouvrières des éléments empruntés à la littérature anticommunarde, à assimiler les luttes ouvrières et celles de la Commune. Dans *Germinal* surtout, la plupart des femmes en grève prennent les traits caractéristiques de la communarde et de la pétroleuse. Ce n'est pas pour rien que, dans l'ébauche, il pense faire de la mère Durand, qui deviendra dans le livre la Maheude, une pétroleuse. Dans ses visions de foule hurlante, « exaltée » et « enfiévrée », les femmes jouent un rôle d'aiguillon. Voici une vision de femmes grévistes en marche :

> « Les femmes avaient paru, près d'un millier de femmes, aux cheveux épars, dépeignés par la course, aux guenilles montrant la peau nue [...] D'autres, plus jeunes, avec des gorges gonflées de guerrières, brandissaient des bâtons ; tandis que les vieilles, affreuses, hurlaient si fort, que les cordes de leurs cous décharnés semblaient se rompre [45]... »

Et Zola évoquant cette scène y voit un présage de la Commune future :

> « C'était la vision rouge de la révolution qui les emporterait tous, fatalement, par une soirée sanglante de cette fin de siècle. Oui, un soir, le peuple lâché, débridé, galoperait ainsi sur les chemins ; et il ruissellerait du sang des bourgeois, il promènerait des têtes, il sèmerait l'or des coffres éventrés. Les femmes hurleraient, les hommes auraient ces mâchoires de loups, ouvertes pour mordre. Oui, ce seraient les mêmes guenilles, [...] la même cohue effroyable, de peau sale, d'haleine empestée, balayant le vieux monde, sous leur poussée débordante de barbares. Des incendies flamberaient, on ne laisserait pas debout une pierre des villes [46]. »

Cette vision du « grand soir » est-elle celle des bourgeois de la ville ou celle de Zola ? Des deux, car tout ce qui précède, et qui est la vision personnelle de Zola, concorde avec

45. E. ZOLA, *op. cit.*, p. 293.
46. E. ZOLA, *op. cit.*, p. 294.

cette vision sanglante qui annonce la Commune. Mais Zola, hélas, est allé plus loin encore : il montre les femmes détruisant les machines de la mine, « glapissantes, excitant les hommes » [47] :

> « Il y avait dix foyers pour les cinq générateurs. Bientôt, les femmes s'y acharnèrent, la Levaque manœuvrant sa pelle des deux mains, la Mouquette se retroussant jusqu'aux cuisses afin de ne pas s'allumer, toutes sanglantes dans le reflet d'incendie, suantes et échevelées de cette cuisine de sabbat [48]. »

Les femmes sont tellement excitées qu'Etienne, le meneur socialiste, est débordé par elles :

> « Et les femmes surtout l'effrayaient, la Levaque, la Mouquette et les autres, agitées d'une fureur meurtrière, les dents et les ongles dehors, aboyant comme des chiennes, sous les excitations de la Brûlé, qui les dominait de sa taille maigre [49]. »

Le comble est atteint lorsque Zola décrit les femmes châtrant le cadavre de l'épicier Maigrat qui les exploitait et se raillent du mort [50].

Constamment le vocabulaire animalier revient pour caractériser les femmes et cela, nous le verrons, n'est pas une simple figure de style. En effet, voici le jugement qu'Houssaye porte sur les communardes fusillées :

> « Pas une de ces femmes n'avait une figure humaine : c'était l'image du crime ou du vice. C'était des corps sans âme qui avaient mérité mille fois la mort, même avant de toucher au pétrole. Il n'y a qu'un mot pour les peindre : la hideur [51]. »

Ici encore on se trouve en face d'une « espèce », en face de cas d'hystérie collective, de barbarie et de bestialité qui n'ont rien à voir avec la politique.

---

47. E. Zola, *op. cit.*, p. 270.
48. E. Zola, *op. cit.*, p. 272.
49. E. Zola, *op. cit.*, p. 300.
50. E. Zola, *op. cit.*, 5e partie, chap. 6, pp. 308-309.
51. E. Houssaye, *op. cit.*, t. I, l. II, p. 239.

V. Le soldat versaillais.

En face des différents types que nous venons de voir et qui symbolisent la Commune, on trouve très peu de héros positifs pour symboliser l'autre camp. Il y a bien le père de Jean Servien, le vieil artisan modeste ; l'ami d'enfance de Jean, Garneret, a « la pensée ordonnée et riche, soumise au devoir et à la réalité »[52], mais le type le plus représentatif, celui qui possède toutes les qualités, c'est le soldat versaillais. Il est représenté par deux personnages : le jeune officier au grand cœur et le soldat consciencieux et calme, à la sagesse paysanne.

Le jeune officier est Eugène Henryet, l'ami d'enfance d'Adolphe Ducharme. C'est le bon jeune homme, excellent soldat, sérieux, ayant le sens du devoir et de la discipline :

> « C'était l'homme d'Alfred de Vigny : la grandeur d'âme dans la servitude militaire[53]. »

Il aime avec dévotion la sœur vertueuse d'Adolphe Ducharme et, sans la Commune, il l'aurait épousée. Il accomplit bravement son devoir, mais sans exaltation, en ayant conscience du déchirement que la Commune représente pour le pays et pour lui-même. Durant la Semaine sanglante, il modère ses soldats et évite les exécutions sommaires. Il rencontre sur une barricade Adolphe Ducharme et sa maîtresse qu'il fait prisonniers. Houssaye en profite pour écrire une scène pleine de symboles :

> « C'était le soir. Le soleil, apportant un dernier rayon lumineux sur cette scène terrible, répandit une auréole sur les trois têtes. C'était comme une raillerie du ciel.
>
> « L'homme qui n'avait obéi qu'à l'héroïsme et au devoir portait la même couronne de lumière que celui qui s'était toujours insurgé contre le devoir, que celle qui avait foulé aux pieds toutes les dignités de la femme ; ou plutôt c'était le pardon de Dieu[54]. »

Jusqu'au bout il se conduira avec noblesse et abnégation. Le second type du Versaillais, plus achevé, est celui de Jean

52. A. FRANCE, *op. cit.*, p. 205.
53. A. HOUSSAYE, *op. cit.*, t. I, l. I, p. 19.
54. A. HOUSSAYE, *op. cit.*, t. I, l. I, p. 190.

Macquart, le paysan devenu soldat dans *La Débâcle* de Zola. Comme Henryet s'opposait à Adolphe Ducharme, Jean s'oppose à Maurice Levasseur. Toute l'opposition Jean Macquart, le Versaillais, Maurice Levasseur, le communard, est une opposition de tempérament, de culture, de sagesse.

Au début du livre, alors que tous ces soldats se bousculent, Jean,

> « patient, attendait l'appel avec une *tranquillité d'humeur, ce bel équilibre raisonnable* qui faisaient de lui un excellent soldat [55]. »

Ce qui est, en apparence, défaut devient chez lui qualité. Il y a tout au long du livre un éloge de ce « gros garçon, d'allure si lourde » [56], « de son épaisse et lente cervelle », de « sa *calme* figure de paysan illettré » [57].

Sa valeur, justement. c'est qu'il est « bien de chez lui », qu'il n'est pas un déclassé cultivé et instable, ou, pour reprendre la terminologie de Barrès, qu'il n'est pas un « déraciné ».

Son calme, sa tranquillité, son bel équilibre — mots qui reviennent constamment tout au long du livre — s'expliquent parce qu'il s'agit d'un cœur de « *simple paysan resté près de la terre* » [58] ; parce qu' « il était *du vieux sol obstiné et sage, du pays de la raison, du travail et de l'épargne* » [59]. Zola répète encore plusieurs fois cette image par crainte qu'on ne la remarque pas suffisamment.

Toutes les qualités viennent de cet enracinement à la terre, de cette nature simple qui ne pense pas, qui n'a pas été déformée par la culture, par la réflexion, par la politique, par les défauts de la civilisation urbaine.

Pour lui, la seule politique, c'est l'union au service de la patrie. Il répond ainsi à Chouteau :

> « Je me fiche de Badinguet, comme de toi, entends-tu ? Moi, la politique, la République ou l'Empire, je m'en suis toujours fichu ; et aujourd'hui comme autrefois, lorsque je cultivais mon champ, je n'ai jamais désiré qu'une chose, c'est *le bonheur de tous, le bon ordre, les bonnes affaires* [60]. »

---

55. E. Zola, *La Débâcle*, p. 6. (Mots soulignés par nous.)
56. E. Zola, *op. cit.*, p. 71.
57. E. Zola, *op. cit.*, p. 461.
58. E. Zola, *op. cit.*, p. 120. (Mots soulignés par nous.)
59. E. Zola, *op.cit.*, p. 312.
60. E. Zola, *op. cit.*, p. 42.

Il n'y a que les oisifs, les intellectuels ou les ambitieux pour vouloir faire de la politique.

Le paysan, lui, est modeste ; il n'est pas gâté par l'envie et l'ambition :

> « Il n'ambitionnait même pas le grade de sergent. Quand on a été paysan, on reste paysan [61]. »

Auprès de lui, Maurice se sent meilleur, car il éprouve à ses côtés un sentiment inconnu :

> « N'était-ce point la fraternité des premiers jours du monde, l'amitié *avant toute culture et toutes classes* [62]. »

La nature, la terre sont bonnes. Jean est plein de dévouement pour Maurice, allant jusqu'à se sacrifier pour lui.

> « C'était, sans qu'il le raisonnât, le don entier de sa personne, l'oubli total de lui-même pour l'amour de l'autre ; et cela *obscur et vivace*, chez *ce paysan resté près de la terre*, qui ne trouvait pas de mots pour exprimer ce qu'il sentait. [...] Et au milieu du sauvage égoïsme qui les entourait [...], il devait peut-être à cette complète abnégation de lui-même, ce bénéfice imprévu de conserver sa *tranquille* humeur et sa belle santé ; car lui seul, solide encore, ne perdait pas trop la tête [63]. »

Et cela parce qu'il éprouve aussi :

> « un besoin vivace de vivre, de reprendre l'outil ou la charrue, pour rebâtir la maison, selon sa parole [64]. »

Cela explique qu'au milieu de l'exaltation générale, les faibles et les instables comme Maurice se laissent griser, tandis que les solides, les calmes, les simples, les enracinés comme Jean savent où est leur devoir, car Jean « voulait *simplement obéir à sa consigne, sans faire de mal à personne* » [65].

Face aux luttes partisanes et fratricides, face aux intérêts particuliers et égoïstes, Jean symbolise la France :

---

61. E. ZOLA, *op. cit.*, p. 120. (Dans les citations de Zola qui suivent, les mots sont soulignés par nous.)
62. E. ZOLA, *op. cit.*, p. 6.
63. E. ZOLA, *op. cit.*, p. 352.
64. E. ZOLA, *op. cit.*, p. 312.
65. E. ZOLA, *op. cit.*, p. 461.

« Il était resté *le fond même de la nation, le paysan sage,* désireux de paix, pour qu'on recommençât à travailler, à gagner, à se refaire du sang [65]. »

Vers la fin du livre, le schématisme est total. Voici l'opposition clairement formulée de Maurice et de Jean :

« Et tous deux restèrent quelques secondes face à face, l'un dans l'exaspération du coup de démence qui emportait Paris entier, ce mal venu de loin, des ferments mauvais du dernier règne, l'autre *fort de son bon sens et de son ignorance, sain encore d'avoir poussé à part, dans la terre du travail et de l'épargne* [66]. »

Dans la conclusion, l'opposition Jean-Maurice devient le symbole même de la Commune. Maurice se repent avant de mourir :

« C'était la *partie saine de la France, la raisonnable, la pondérée, la paysanne,* celle qui était *restée le plus près de la terre,* qui supprimait la partie folle, exaspérée, gâtée par l'Empire, détraquée de rêverie et de jouissances ; et il lui avait fallu couper dans sa chair même, avec un arrachement de tout l'être, sans trop savoir ce qu'elle faisait. Mais *le bain de sang était nécessaire,* et de sang français, l'abominable holocauste, le sacrifice vivant, au milieu du feu purificateur. [...]

« Mon vieux Jean, *tu es le simple et le solide...* Va, va ! prends la pioche, prends la truelle ! et *retourne le champ, et rebâtis la maison !* [...] Moi, tu as bien fait de m'abattre puisque j'étais l'ulcère collé à tes os [67] ! »

Et Zola, prenant directement la relève de son porte-parole, termine par une vision « prophétique » :

« C'était le rajeunissement certain de l'*éternelle nature,* de l'éternelle humanité, le renouveau promis à qui espère et *travaille, l'arbre qui jette une nouvelle tige* puissante, quand on a coupé la *branche pourrie,* dont la *sève enpoisonnée* jaunissait les feuilles [68]. »

C'est donc, pour terminer, la justification de la répression, nécessité purificatrice, l'apologie de la reconstruction nationale

65. E. Zola, *op. cit.*, p. 472.
66. E. Zola, *op. cit.*, p. 462.
67. E. Zola, *op. cit.*, p. 496.
68. E. Zola, *op. cit.*, p. 500.

dans l'ordre et sous la direction de la partie « saine, raisonnable, pondérée, paysanne » de la population française, le tout dans un vocabulaire abondant en symboles et en antithèses qui appartiennent à la pensée d'extrême-droite. Les thèmes de la nature, les analogies végétales, les thèmes de l'enracinement, du paysan simple, illettré[70] et plein de sagesse face à l'intellectuel nerveux, instable et exalté, celui de la reconstruction nationale au-dessus des intérêts partisans, autant d'éléments qui seront repris et enrichis par toute la pensée d'extrême-droite de la fin du XIXe siècle et du début du XXe avec Paul Bourget, Maurice Barrès et Charles Maurras.

On ne saurait expliquer cet alignement de Zola sur la vision la plus réactionnaire face à la Commune par un désir opportuniste de rentrer à l'Académie française. En réalité, les prises de position de 1871 dans les journaux *La Cloche* et *Le Sémaphore* se retrouvent parfaitement dans *Jacques Damour* (1884), *Germinal* (1885), *La terre* (1887) et surtout *La Débâcle* (1892). Tous ces livres marquent la même condamnation de la Commune, dont Zola n'a jamais compris la signification sociale. Ils ramènent les mouvements révolutionnaires à l'irruption de forces obscures, d'instincts mauvais, et à des crises de fièvre collective. Ils portent une condamnation du socialisme, à travers le portrait du mauvais ouvrier, socialiste par ambition ou par rancune, qui a toujours mal digéré les bouts de lecture hétéroclites qu'il a pu absorber.

On a trop souvent classé Zola parmi les écrivains républicains avancés, sinon socialistes. En réalité, la peinture des milieux populaires et même, une certaine attirance pour eux n'impliquent pas une adhésion aux thèses révolutionnaires.

Au contraire, il semble bien que le républicanisme de Zola soit avant tout « raisonnable et pondéré », se refusant à toute

---

70. Dans *Germinal*, Zola trouve l'équivalent du paysan Jean Macquart avec le vieil ouvrier, « le père Quandieu », doyen des porions, « un vrai miracle de belle santé dans les mines » (p. 277), que garde son poste et empêche les grévistes de détériorer le matériel : « On m'a dit de garder, je garde. »

« Et son intelligence n'allait pas plus loin, au père Quandieu, raidi dans son entêtement du devoir militaire, ce crâne étroit, l'œil éteint par la tristesse noire d'un demi-siècle de fond. Les camarades le regardaient, remués, ayant quelque part en eux l'écho de ce qu'il leur disait, cette obéissance du soldat, la fraternité et la résignation dans le danger. » (p. 278.)

violence, à toute transformation brutale et révolutionnaire de la société. Zola manifeste constamment une profonde méfiance vis-à-vis des socialistes et de ce qu'il appelle à travers tous ses livres les « exaltés ».

2

Les thèmes et les mythes

Ils constituent le second apport de cette littérature. Certains thèmes sont purement descriptifs, faits d'images destinées à servir de toile de fond, à recréer l'atmosphère de la Commune et surtout à effrayer le bourgeois. Le thème de l'incendie de Paris sert de décor à presque tous les romans de la Commune et, au moyen de descriptions soignées, crée une ambiance de peur et de tragédie. Nous ne l'étudierons pas davantage que le thème de l'assassinat des otages, car il ne présente aucune originalité par rapport à ce que nous avons vu précédemment. Nous nous arrêterons en revanche sur le thème de l'orgie.

Nous étudierons aussi le thème de la fièvre obsidionale qui se veut une explication de la Commune.

Mais les deux thèmes les plus intéressants, car ils sont explicitement et foncièrement idéologiques, sont celui de la culture pervertisseuse et celui du travail et de la famille.

I. L'orgie.

Ce thème n'est qu'une mise en forme du matériel fourni par les récits, souvenirs et articles de presse. L'originalité littéraire se trouve dans le luxe de la description et l'énormité de la vision présentée. Nous ne fournirons qu'un exemple tiré du livre de Montégut. Voici la description de l'Hôtel de Ville, morceau de bravoure littéraire qu'on retrouve presque identique dans d'autres romans :

> « Du haut en bas, à toute heure, c'était ignoble. Toutes les salles antiques, où jadis tant de paroles graves avaient été prononcées par des bouches augustes [...] étaient occupées par la canaille vautrée dans sa crasse exultante, dans l'orgueil de son immondice ; ces pourceaux enragés, livrés à eux-mêmes, célébraient la gloire du prolétaire en bavant aux goulots des bouteilles. Dans la cour d'honneur campaient les Lascars, la compagnie de l'Etoile, ramassis de bandits, de souteneurs, d'étrangers accourus à la curée ; sur les escaliers, dans les caves, sous les combles, la fête plébéienne détonnait ses chants immondes, ses hoquets d'ivresse. [...] C'était l'horreur grotesque ; des femmes, servantes sans place, ouvrières sans ouvrage, filles soumises [...], s'asseyaient aux cantines, bâfraient, s'empiffraient au compte de la patrie ; puis, comme il faisait chaud, elles ouvraient leurs corsages, troussaient leurs jupons sales et donnaient du plaisir aux braves fédérés. [...] Dans tous les coins s'amoncelaient les ordures humaines ; les estomacs révoltés, les ventres en déroute laissaient le long des murs des traînées asphyxiantes. L'Hôtel de Ville était devenu un cabaret, un lupanar, une latrine. Toutes les dépravations, toutes les turpitudes s'y donnaient rendez-vous. [...] Le mot d'ordre était *jouir* [1]. »

On pourrait trouver des descriptions encore plus répugnantes. Ces écrivains, pour la plupart de l'Académie française, semblent en effet attirés par de tels tableaux, et trouvent une délectation toute particulière à citer des obscénités.

Sur le thème de l'orgie, ils brodent à l'infini, reprenant comme un rite les mêmes descriptions pour les pousser plus loin. *L'orgie est le véritable sens de la Commune : voilà ce qu'il s'agit de démontrer.* La Commune n'a été que le déchaînement des instincts les plus bas, l'irruption des bêtes immondes des souterrains qui se jetèrent à la curée. Le tout se termine par des scènes de pur cannibalisme [2].

1. M. Montégut, *op. cit.*, pp. 145, 146, 147.
2. Cf. plus haut (p. 113), citation d'E. Bourges, *Les Oiseaux s'envolent et les fleurs tombent.*

II. La fièvre obsidionale.

Une des causes de ce défoulement, pour certains écrivains, doit être recherchée dans le siège et ses effets : la fièvre obsidionale. Emile Zola, surtout, insiste sur ce motif de la Commune dans *Jacques Damour* et dans *La Débâcle.*

La Commune s'explique pour lui par l'angoisse, les illusions, l'ivrognerie dues au Siège :

> « C'était déjà une crise de nervosité maladive qui se déclarait, une épidémique fièvre exagérant la peur comme la confiance, lâchant la bête humaine débridée, au moindre souffle [3]. »
>
> « Dans cette population, détraquée par des mois d'angoisse et de famine, tombée désormais à une oisiveté pleine de cauchemars, ravagée de soupçons, devant les fantômes qu'elle se créait, l'insurrection poussait ainsi naturellement, s'organisait au plein jour. C'était une de ces crises morales qu'on a pu observer à la suite de tous les grands sièges, l'excès du patriotisme déçu, qui, après avoir vainement enflammé les âmes, se change en un aveugle besoin de vengeance et de destruction [4]. »

Ce thème séduit Zola, lui permettant une fois encore de montrer qu'il ne s'agit pas d'un mouvement politique mais d'une maladie collective momentanée qui, par ailleurs, s'accorde assez bien avec ses théories « physiologico-morales ».

Comme les « types » analysés précédemment, ce genre de thème est le substitut d'une étude concrète de la situation sociale et remplace la peinture de la société par un phénomène psychologique, cette fois-ci collectif.

III. La culture pervertisseuse.

Ce thème littéraire de la culture qui pervertit se rattache à toutes les idées des écrivains avant et après la Commune sur la nécessité d'une culture aristocratique et sur les dangers d'une démocratisation de la culture et de l'enseignement [5].

---

3. E. Zola, *La Débâcle,* p. 449.
4. E. Zola, *op. cit.,* p. 458.
5. Cf. 1re partie, pp. 30-32.

Nous avons vu [6] comment l'instruction de Jean Servien l'avait « détourné de la vie pratique », lui avait donné des goûts romanesques en exaltant son imagination, et par là comment il se privait de la possession de ce qu'Anatole France appelle « la vérité des choses ».

De même l'instruction donnée à Maurice Levasseur a contribué à lui faire accepter l'idée de la Commune qu'il a rattachée à des souvenirs historiques et lui a « monté la tête ».

En effet, il ne saurait y avoir pour les écrivains qu'une haute culture qui puisse améliorer l'homme. Il n'y a pas de moyen terme entre l'ignorance et la culture. Une culture sommaire est pire que l'ignorance : elle enlève la sagesse traditionnelle et conservatrice sans donner la haute sagesse de l'élite intellectuelle. Elle est donc un ferment de dissolution et de perversion.

On peut remarquer à travers toute la littérature anticommunarde que les mauvais ouvriers, les voyous, les socialistes savent lire et écrire, ont acquis des bouts de savoir ici ou là, alors que les braves gens, les Versaillais vertueux, sont souvent illettrés ou du moins savent très peu de chose.

Les ouvriers, les voyous sont encore plus mauvais, parce qu'ils ne peuvent saisir le sens profond de la culture, parce qu'ils s'arrêtent à ce qui les attire de façon superficielle. Ainsi, Chouteau, le mauvais ouvrier de Montmartre, a « mal digéré les bouts de discours entendus dans les réunions publiques » [7], parce qu'il est « théoricien de cabaret, gâtant les quelques idées justes attrapées çà et là, dans le plus effroyable mélange d'âneries et de mensonges » [8]. De même, Sabouleux, le voyou de Montégut, est instruit.

Arsène Houssaye, dans un « *Dialogue des morts* », tend à montrer que, pour les gens du peuple, instruction et vertu sont souvent contradictoires. Il met en présence trois combattants qui vont mourir : un voyou communard, un ciseleur, communard aussi mais qui se repentira, un marin versaillais.

> Le ciseleur. — Ce que c'est que de ne pas avoir d'instruction ! On croit que Dieu existe encore.
>
> Le marin. — Que parles-tu d'instruction ? *Je sais tout,*

6. Cf. 2e partie, p. 99.
7. E. Zola, *La Débâcle,* p. 40.
8. E. Zola, *op. cit.*, p. 184.

puisque je sais mon devoir[9]. D'ailleurs, si on ne m'a pas appris à lire et à écrire, ma grand-mère m'a lu l'Evangile.

LE VOYOU. — L'Evangile, oh, la, la ! Moi, on m'a appris à lire et à écrire, mais je n'ai jamais fourré le nez là-dedans, nom de Dieu !

[...]

LE MARIN. — Ce que c'est que de savoir lire ! On lit les journaux, on s'empoisonne[10].

Ainsi l'instruction amène à mépriser Dieu et son devoir ; d'autre part, instruction n'est pas savoir, comme le dit le marin, le vrai savoir est l'amour de Dieu ; au contraire, pour savoir « la vérité des choses » il n'est pas besoin de l'instruction, qui mène souvent à l'orgueil et à l'ambition. Il n'est qu'à voir la vertu de tous les illettrés de la littérature anticommunarde.

On a déjà examiné Jean, le paysan de *La Débâcle*, avec « sa calme figure de paysan illettré », « fort de son bon sens et de son ignorance »[11] qui « est le simple et le solide »[12]. De même, la sœur de Maurice Levasseur, qui s'est occupée de son frère, n'a presque pas eu le temps d'apprendre à lire et à écrire. De ce fait, elle est beaucoup plus calme et raisonnable que son frère.

Mais non seulement l'instruction pervertit les gens simples en leur brouillant l'esprit, en les exaltant et en leur donnant de mauvaises idées, mais encore, on l'a vu à propos d'Eugène Rougon et de Jean Servien[13], elle en fait des déclassés, ambitieux et aigris. Zola décrit cette transformation dans *Germinal* avec le personnage d'Etienne :

> « C'était une sensation de supériorité qui le mettait à part des camarades, une exaltation de sa personne à mesure qu'il s'instruisait[14]. »
>
> « Il éprouvait cette répugnance, ce malaise de l'ouvrier sorti de sa classe, affiné par l'étude, travaillé par l'ambition[15]. »

Cela rejoint l'accusation de la « socialiste » George Sand sur le caractère non ouvrier de la Commune, dirigée par des

9. Souligné par nous.
10. A. HOUSSAYE, *Le Chien perdu et la femme fusillée*, pp. 281-287.
11. E. ZOLA, *op. cit.*, p. 462.
12. E. ZOLA, *op. cit.*, p. 496.
13. Cf. *supra*, p. 100.
14. E. ZOLA, *Germinal*, p. 316.
15. E. ZOLA, *op. cit.*, p. 330.

hommes « n'appartenant plus aux habitudes et aux nécessités du prolétariat » [16]. Il s'agit donc là d'un nouvel argument pour nier le caractère populaire du mouvement, qui aurait été mené par des déclassés ouvriers ou petits-bourgeois.

On trouve une autre accusation contre la culture dans « Les Fées de France », « conte fantastique » des *Contes du Lundi*, où Daudet accuse la culture et l'instruction d'avoir tué la poésie et le respect. Notamment l'instruction a tué les vieilles croyances et les superstitions, les fées par exemple :

> « C'est grand dommage, car la France était bien belle quand elle avait encore ses fées. Nous étions la poésie du pays, sa foi, sa candeur, sa jeunesse [17]. »

Les fées donnaient « le respect de ce qui est vieux » [18].

Et, parlant de la Commune : « Nous venons de voir ce que c'est qu'un pays qui n'a pas de fées [19]. »

Une fée se plaignant de cet état de choses déclare :

> « Au lieu des beaux livres tout en or et en images où ils [les enfants] apprenaient notre histoire, Paris maintenant leur a mis dans les mains la science à la portée des enfants, de gros bouquins d'où l'ennui monte comme une poussière grise et efface dans les petits yeux nos palais enchantés et nos miroirs magiques [20]. »

Ainsi l'instruction tue la poésie et la beauté. Au terme de cette analyse, il apparaît que l'idéal, pour les écrivains, c'est, sans paradoxe, l'analphabète simple et consciencieux qui fait son devoir sans se poser de question.

IV. Famille et travail.

Ces deux derniers thèmes sont les plus intéressants, car ils représentent l'idéologie de l'ordre moral. Nous commencerons par la famille.

Le thème de la famille s'articule selon deux volets : la

16. Cf. *supra*, p. 58.
17. A. Daudet, *Contes du lundi*, p. 229.
18. A. Daudet, *op. cit.*, p. 230.
19. A. Daudet, *op. cit.*, p. 231.
20. A. Daudet, *op. cit.*, p. 233.

Commune, c'est la ruine de la famille ; la famille est un bien sacré, source de toutes les vertus et du bonheur.

Dans les œuvres littéraires, la Commune provoque la ruine de la famille, d'abord sur le plan pratique, car le communard, au lieu de songer au bonheur de sa famille, se mêle de politique, entraîne les siens dans la misère et les plonge dans le chagrin.

Presque tous les romans sont bâtis sur les déchirements et la dissolution de la famille. Souvent encore le frère communard a une sœur qui doit se marier avec un Versaillais : c'est le déchirement des cœurs.

Mais, plus profondément, la Commune est la ruine de la famille sur le plan théorique. La Commune, c'est le communisme sexuel, l'union libre et la prostitution universalisée. Il existe sur ce sujet une nouvelle d'anticipation intitulée *La Commune en l'an 2073* de René de Maricourt, qui symbolise bien les craintes éprouvées au sujet des intentions de la Commune. Il s'agit d'un bourgeois qui rêve qu'il se réveille en l'an 2073 : la Commune a déjà triomphé depuis un certain temps, et l'on peut vérifier quelle est son organisation. C'est sur le problème de la famille que René de Maricourt insiste le plus. La Commune a déjà aboli les ancêtres, « vu que tout le monde ne pouvant se payer un tel luxe, conserver ce privilège serait contrevenir aux lois de l'égalité » [21].

En conséquence, ce brave bourgeois ne peut être sûr de ses descendants. Il n'y a plus de nom de famille, et l'on appelle chaque couple par le nom d'une subdivision de la ville accompagnée d'un numéro. Dans cette « Cité des travailleurs affranchis », tout est étudié pour supprimer l'individualité et l'originalité des individus. Au brave bourgeois qui trouve que tout cela n'est pas drôle, son descendant supposé répond :

> « Toute *individualité* veut s'élever en grimpant sur les autres. Les nôtres sont courbées sous le joug du niveau utilitaire et social [22]. »

On a donc aboli la famille et le mariage, source d'individualisme,

21. R. de Maricourt, *La Commune en l'an 2073. Au bout du fossé !* Paris, Librairie générale, 1874, p. 10.
22. R. de Maricourt, *op. cit.*, p. 18.

> « les affections de famille n'étant qu'un égoïsme déguisé et exposant les uns à être heureux en ménage tandis que les autres n'y trouvaient que les fagots d'épine » [23].

On forme désormais les couples par tirage au sort, et chaque couple dure un an. Au terme de cette période, la femme est distribuée à un autre citoyen et ainsi de suite d'année en année « jusqu'à ce qu'elle soit hors d'usage » [24].

Quant aux enfants nés de ces couples, ils ne connaissent pas leurs parents. Placés d'abord dans une maternité pendant une première période, ils sont ensuite confiés à des couples jusqu'à sept ans, âge à partir duquel ils sont repris en charge par la collectivité pour leur éducation (réservoirs n°s 1, 2, 3), afin d'apprendre toutes les professions, étant donné qu'il y a dans la cité une rotation des fonctions et que le même homme peut être nommé tour à tour avocat ou vidangeur.

Il n'y a aucun sentiment entre l'homme et la femme ni entre la femme et l'enfant qu'on lui confie. La jalousie et l'honneur familial sont interdits, car la femme appartient à l'Etat qui ne fait que la prêter à un homme comme « outil de repeuplement » [25].

Pour éviter encore toute attirance individuelle, toutes les femmes doivent s'enlaidir et porter un uniforme : une ignoble casaque, des lunettes, une perruque, une pommade sur le visage pour que toutes soient égales entre elles :

> « A-t-on le droit d'avoir une taille mieux faite qu'une autre, d'avoir de plus beaux yeux et une chevelure plus abondante [26] ? »

Le même bourgeois demandant à une femme si elle aime l'enfant qui lui est confié, celle-ci répond :

> « Aimer ! je ne comprends pas, voilà la première fois que j'entends cela ; un vieux mot sans doute ; nous n'aimons rien, nous obéissons au Conseil ; on nous confie un môme quelconque, on nous dit de le faire vivre et de le représenter bien-portant ; quand arrive la rafle générale, nous remettons l'enfant contre un reçu en bonne forme. Après celui-là, un autre et ainsi de suite [27]. »

---

23. R. de Maricourt, *op. cit.*, p. 20.
24. R. de Maricourt, *op. cit.*, p. 21.
25. R. de Maricourt, *op. cit.*, p. 26.
26. R. de Maricourt, *op. cit.*, p. 29.
27. R. de Maricourt, *op. cit.*, p. 28.

Ainsi la Commune, en abolissant la famille, a créé de véritables robots, sans originalité, déshumanisés, vivant dans une monotonie constante, dans une égalité qui est un ajustement sur ce qui est le plus laid et le plus médiocre. Cette nouvelle serait à rapprocher sur plus d'un point du *Meilleur des mondes* d'Aldous Huxley : l'anticipation y devient une projection de l'angoisse des classes dirigeantes devant la montée des périls que représentent les forces populaires.

Voilà, pour ces écrivains, ce qu'aurait fait la Commune si elle avait conservé le pouvoir ou, comme dans cette étude d'anticipation, si elle le reprend un jour. L'idée que les socialistes veulent détruire la famille en soi et instaurer le communisme sexuel demeurera vivace durant plusieurs décennies encore. Or, pour ces écrivains, attaquer la famille, c'est attaquer quelque chose de sacré qui porte en soi toutes les vertus et tous les bons sentiments. Le communard est également un mauvais père, un mauvais époux, un mauvais fils et, comme nous l'avons vu pour les jeunes déclassés, il lui manque justement le sens de la famille, parce qu'il est orphelin.

Une scène habituelle à la fin des nouvelles ou des romans anticommunards est celle du communard qui regrette d'avoir été infidèle à ses devoirs familiaux, qui lui auraient assuré de suivre le droit chemin, et qui évoque le bonheur des joies familiales.

Dans le roman de Houssaye, dans le chapitre « Dialogue des morts », le ciseleur, communard récupérable, fait appel à sa famille avant de mourir :

> « Si j'avais pu revoir ma femme et mes enfants ! »
>
> Le marin. — Quoi ! tu as une femme et des enfants. Tu ne les aimes donc pas que tu es venu te faire tuer ici ?
>
> Le ciseleur. — Si tu savais quelle bonne créature que ma femme ! Nous n'étions pas riches, mais la maison était gaie. Deux enfants ça chante au cœur ; où diable avais-je l'esprit de réformer le monde quand tout était bien chez moi ? Un petit garçon et une petite fille qui gazouillaient comme des oiseaux [28]... »

On retrouve le même processus dans les *Contes du lundi*, avec « Monologue à bord » où un ouvrier, au cours du voyage qui l'amène en déportation à l'île des Pins, regrette son action

28. A. Houssaye, *op. cit.*, t. I, l. II, p. 287.

et évoque le bonheur familial espéré qui s'enfuit définitivement :

> « Une petite maison ! Nous en avions rêvé une, ma femme et moi, du côté de Saint-Mandé : basse, avec un petit jardin étalé devant, comme un tiroir ouvert plein de légumes et de fleurs. On serait venu là le dimanche, du matin au soir. [...] Puis les enfants grandis, mis en commerce, on s'y serait retiré bien tranquille. Pauvre bête, va, te voilà retiré maintenant, et tu vas l'avoir, ta maison de campagne ! Ah ! malheur, quand je pense que c'est la politique qui est la cause de tout [29]. »

C'est le même rêve que partage Jacques Damour, l'ancien communard :

> « Il rentrait en France, [...] achetait une petite maison du côté de Vincennes, vivait là de 3 à 4 000 francs de rente, entre Félicie et Louise, oublié, heureux, *débarrassé de la politique* [30]. »

La petite maison avec le petit jardin, une brave femme et beaucoup d'enfants, c'est l'antidote de la Commune [31] ; le politique est en contradiction avec le bonheur familial. Ce petit bonheur égoïste et médiocre, c'est encore le rêve de Jean Macquart, le soldat-paysan de *La Débâcle* :

> « Lui, retrouvait son rêve, d'abord inconscient, ensuite à peine formulé : la vie là-bas, un mariage, une petite maison, la culture d'un champ qui suffirait à nourrir un ménage de braves gens modestes [32]. »

Adolphe Ducharme, le jeune communard, découvre aussi,

29. A. Daudet, *op. cit.*, « Monologue à bord », p. 223.

30. E. Zola, « Jacques Damour », *Naïs Micoulin,* p. 332. (Souligné par nous.)

31. Ce thème de la petite maison ouvrière va être orchestré par les penseurs conservateurs et les réformistes chrétiens de la fin du xixe siècle : Le Play, Leroy-Beaulieu, etc... Dans *L'Economiste français* du 27 Août 1881, on trouve ainsi inventoriés les avantages de la maison ouvrière individuelle :

« La possession de sa maison opère sur lui [l'ouvrier] une transformation complète... Avec une maisonnette et un jardin, on fait de l'ouvrier un chef de famille vraiment digne de ce nom, c'est-à-dire moral et prévoyant, se sentant des racines et ayant autorité sur les siens... C'est bientôt sa maison qui le « possède » ; elle le moralise, l'assied et le transforme. » (Cité par R.H. Guerrand, *Les origines du logement social en France,* Les Editions Ouvrières.)

32. E. Zola, *La Débâcle,* p. 499.

lorsqu'il tombe amoureux de la noble Blanche de Volnay, que le bonheur familial l'aurait sauvé et que, s'il avait eu un foyer, il n'aurait pas songé à la politique :

> « *La vraie politique*, dit-il, *c'est une femme qu'on aime, ce sont des enfants dans la maison ;* on aura beau vouloir refaire le monde, il faudra toujours qu'on en revienne à la famille. *Dieu a mis sa marque à ce gouvernement* fondé sur l'amour et sur le devoir. Et il songeait combien il eût été heureux dans sa vie s'il eût mérité le cœur d'une adorable créature comme Blanche de Volnay. Certes, reprit-il, si une pareille femme eût sanctifié ma maison, je n'aurais jamais voulu brouiller les affaires du gouvernement [33]. »

La famille sort donc grandie de l'épreuve, puisque les communards eux-mêmes reconnaissent sa valeur et sa nécessité. C'est grâce à la famille et à un labeur acharné que l'ouvrier pourra atteindre le bonheur et non à travers les espoirs illusoires de la politique qui lui feront rater sa vie. La meilleure façon d'être heureux est de vivre tranquillement, avec sa femme et ses enfants, de travailler pour eux, la politique n'étant faite que pour les oisifs et les ambitieux. Que chacun s'occupe de son bonheur personnel et, peu à peu, toute la société sera heureuse.

Mais ce bonheur, on ne peut l'atteindre que par le travail et non par l'oisiveté. La littérature anticommunarde prêche une morale de sagesse, de travail et d'épargne. Le mot d'ordre général est : « Vite à nos marteaux. Travaillons, travaillons [34]. »

D'un côté, la légende du mauvais ouvrier qui ne pense qu'à jouir : voici l'interprétation des revendications ouvrières dans *Rabagas* de Victorien Sardou. On lit, à la rédaction du journal révolutionnaire, les mots d'ordres d'ouvriers en grève :

> « La réunion des grévistes a l'honneur de vous faire part de ses conclusions : — La journée de travail sera réduite

33. A. Houssaye, *op. cit.*, t. II, l. II, p. 110. (C'est nous qui soulignons.)

Etienne, l'ouvrier socialiste de *Germinal*, formule, un moment, le même rêve : « Un besoin de paix, un invincible besoin d'être heureux l'envahissait ; et il se voyait marié dans une petite maison propre, sans autre ambition que de vivre et de mourir là, tous les deux. Du pain le contenterait ; même s'il n'y en avait que pour un, le morceau serait pour elle. A quoi bon autre chose ? est-ce que la vie valait davantage ? » (p. 383.)

34. F. Coppée, *Plus de sang*, avril 1871.

> de dix heures, à huit, dont trois consacrées au repos. Total : cinq heures qui seront payées comme dix. [...] Et attendu que le dimanche, qui a passé jusqu'ici pour un jour de repos, n'est en réalité qu'un jour de fatigue, puisqu'il est consacré au plaisir [...] ; le lundi, consacré à se reposer du dimanche, sera néanmoins payé comme jour de travail [...] ; la question du jeudi est réservée [35]. »

De l'autre se crée la légende sinon du bon ouvrier, du moins du bon artisan et du bon travailleur humble et soumis. Tel est le père de Jean Servien, brave artisan relieur ne pensant qu'à son travail, à son fils, qui est croyant et respectueux de l'organisation sociale. Dans le conte *Monologue à bord* de Daudet, le communard déporté évoque l'existence des marins qui sont sur le bateau :

> « Les matelots, pourtant quelle dure existence ça mène. [...] Ah ! c'est une vie autrement rude que celle de l'ouvrier parisien, et *autrement mal payée. Cependant ces gens-là ne se plaignent pas ; ne se révoltent pas.* Ils vous ont *des airs tranquilles, des yeux clairs bien décidés,* et *tant de respect pour leurs chefs !* On voit bien qu'ils ne sont pas venus souvent dans nos clubs [36]. »

A la fin du conte, Daudet évoque la femme du communard déporté, restée à Paris dans sa « petite chambre », « le rayon de la lampe abaissé sur tous les fronts, les enfants endormis et la mère penchée qui songe et qui *travaille* » [37].

C'est par sa propre moralité, par son travail plein d'abnégation que l'ouvrier s'affranchira et méritera un bon gouvernement. C'est ce qu'affirme Félicie, la femme de Jacques Damour :

> « A la place du peuple, elle savait, disait-elle, comment elle forcerait le gouvernement à être juste : elle se conduirait très bien [38]. »

La même Félicie, après la Commune, reçoit la nouvelle que son mari est mort noyé en essayant de s'évader du bagne. Elle se remarie avec un boucher. Le travail lui apporte la joie et la prospérité. La voici, dans sa boucherie, tenant la caisse :

35. V. Sardou, *Rabagas,* 1872, Paris, Albin Michel éd., 1934 ; *Théâtre complet,* t. III, p. 264.
36. A. Daudet, *Monologue à bord,* p. 225. (Souligné par nous.)
37. A. Daudet, *op. cit.,* p. 226.
38. E. Zola, *Jacques Damour,* p. 320.

« Là-dedans, dans les gais reflets, dans la lueur rose de la boutique, elle était fraîche, de cette fraîcheur pleine et mûre des femmes qui ont dépassé la quarantaine. Propre, lisse de peau, avec ses bandeaux noirs et son col blanc, *elle avait la gravité souriante et affairée d'une bonne commerçante* qui, *une plume à la main, l'autre main dans la monnaie du comptoir, représente l'honnêteté et la prospérité d'une maison* [39] »

Tel est l'idéal que propose la littérature anticommunarde : de braves gens humbles et modestes, travaillant dur, respectueux de la hiérarchie sociale, ne s'occupant pas de politique et de culture et qui, par leur épargne, réussiront à la fin de leur vie à acheter une petite maison avec un petit jardin où ils achèveront leur vie dans le calme et le bonheur.

39. E. ZOLA, *op. cit.*, p. 345. (Souligné par nous.)

3

Les procédés littéraires

Toute cette littérature, nous venons de le voir, est profondément politique par les types, les thèmes et les idées qu'elle développe. A travers eux, les écrivains portent des jugements de fond sur l'événement historique. Outre ces affirmations directes, les écrivains utilisent des procédés littéraires plus subtils par lesquels, sans avoir l'air de porter eux-mêmes des jugements, ils entraînent cependant le lecteur à prendre parti. Ces procédés littéraires, qui ont des desseins politiques, sont d'autant plus efficaces qu'ils sont implicites, sous-jacents et qu'ils utilisent la construction, la structure interne de l'œuvre comme médiation de leur visée.

I. Destruction formelle de l'argumentation communarde.

Les écrivains détruisent l'argumentation des communards, sans la discuter, simplement par la façon dont ils la présentent.

Sans parler des caricatures et des simplifications grossières des idées communardes, on trouve le procédé qui consiste à placer ces idées dans la bouche d'un personnage mauvais, ridicule, bête ou ivrogne. Par cet intermédiaire de la description du personnage, l'argumentation communarde elle-même est dévalorisée, et les défauts du personnage rejaillissent sur ses idées : si le personnage est mauvais, ses idées ne peuvent être que mauvaises. C'est ce que fait Zola lorsqu'il place les arguments communards dans la bouche des mauvais ouvriers Berru et Chouteau, ou Daudet lorsqu'il fait parler Arthur, l'ouvrier ivrogne.

Un second procédé consiste à faire développer par un communard des idées qui sont en contradiction avec sa conduite, ce qui met en valeur le côté pervers et démagogique de ses propos.

Ainsi Rabagas, le meneur socialiste de Victorien Sardou, dicte à son journal un article sur l'absence de moralité du gouvernement et le gaspillage des richesses du pays alors que lui-même et ses amis sont en train de « bâfrer » en compagnie de prostituées [1].

Un procédé voisin consiste à opposer de grands principes à la piètre réalité qui en résulte. Dans *Les Désirs de Jean Servien,* le marquis de Tudesco, un communard, affirme à Jean Servien :

> « — Monsieur Servien, contemplez ce spectacle et ne l'oubliez jamais : c'est celui d'un peuple libre. »
> « En effet, les citoyens et les citoyennes marchaient sur les gazons, cueillaient les fleurs des parterres et cassaient les branches des arbres [2]. »

Du même coup, l'argumentation est dévalorisée, et il apparaît que, derrière les belles paroles, on ne trouve en réalité que la licence et l'anarchie.

Parfois, l'introduction d'un commentaire bref mais insidieux à la fin d'un discours suffit à détruire l'argumentation.

Dans *Jacques Damour,* Zola, faisant faire un discours à Berru, l'amène à conclure :

> « comme en 93, ajoutait-il carrément, sans savoir » [3].

Le dernier terme, révélant le caractère hâtif et superficiel de la culture politique de Berru, permet de mettre en doute tout son programme sans avoir besoin de porter l'attaque sur le fond.

---

1. V. Sardou, *op. cit.,* pp. 267-270.
2. A. France, *op. cit.,* p. 226.
3. E. Zola, *op. cit.,* p. 319.

Dans *La Débâcle,* Chouteau fait tout un discours sur l'Empire et le gouvernement de Défense nationale, qu'il termine sur la trahison des chefs « vendus chacun pour un million, ainsi que cela est prouvé »[4] : le dernier argument était manifestement faux et ridicule, ce qui a précédé doit l'être obligatoirement.

Ces procédés sont construits sur la liaison souvent artificielle de deux éléments, laquelle entraîne une association d'idées. Cette association amène à ce qu'un élément colore automatiquement l'ensemble, déclenche une réaction englobant la totalité de ce qui a été exposé auparavant.

L'élément dominant est souvent le dernier, comme il ressort de tous ces exemples. Un procédé approchant consiste encore à détruire une argumentation en décrivant l'attitude du personnage qui parle. Jacques Damour expose ses idées « en brandissant une fourchette »[5], et le ridicule atteint en même temps le personnage et ses idées.

Cette démarche conduit même à nier toute argumentation communarde. On trouve nombre d'œuvres où des personnages sont devenus communards sans savoir pourquoi. Dans ses *Notes et Souvenirs,* Ludovic Halévy décrit un garçon épicier interrogé par les Versaillais :

> « — C'est absurde ce que vous dites là, on ne se bat pas indifféremment d'un côté ou de l'autre. Vous êtes pour ou contre la Commune.
>
> — Moi, je suis pour ou contre rien du tout. [...] Ça m'est bien égal, tout ça. J'avais envie de me battre, voilà tout, ça m'ennuyait de végéter dans mon magasin, de ne pas être mêlé à l'histoire de mon pays[6]. »

A. Daudet dépasse toutes les limites dans l'histoire *Le Turco de la Commune,* où il évoque le tirailleur Kadour qui, tombé malade durant le siège, combat ensuite du côté de la Commune en croyant encore se battre contre les Prussiens :

> « A tout cela il ne comprit rien, sinon qu'on était toujours en guerre et qu'il allait pouvoir se battre. »

Et, lorsqu'il sera fusillé par les Versaillais, il mourra, dit Daudet, « sans y avoir rien compris ».

---

4. E. ZOLA, *La Débâcle,* p. 41.
5. E. ZOLA, *Jacques Damour,* p. 322.
6. L. HALÉVY, *op. cit.,* p. 30.

II. Réduction de la classe ouvrière à un seul personnage.

Par ce procédé, on réduit la classe ouvrière au mauvais ouvrier. Le terme « mauvais » implique qu'il ne représente à l'intérieur de la classe ouvrière que les éléments malsains et qu'il n'est pas représentatif de toute la classe.

Cependant le fait que, dans de nombreux contes et romans, il soit seul décrit, traduit implicitement l'intention de faire porter ses caractères mauvais sur toute sa classe, le terme « mauvais » n'étant plus un adjectif de différenciation à l'intérieur de la classe, mais un qualificatif qui la détermine tout entière. Ainsi, sans dire explicitement que les ouvriers sont tous mauvais, le fait de ne pas en représenter un qui soit bon amène le lecteur à porter ce jugement.

Tel est le procédé qu'emploie Zola dans *La Débâcle* avec Chouteau et dans *Jacques Damour* avec Berru.

III. Le repentir du communard.

Le meilleur moyen de prouver que la cause de la Commune était mauvaise n'est-il pas de le faire dire par les communards eux-mêmes ? Le nombre de communards repentis est prodigieux. A la fin de presque tous les livres, la plupart des communards sont morts ou déçus. Nous avons déjà examiné le repentir spectaculaire de Maurice Levasseur dans *La Débâcle.* De même, dans le roman d'Arsène Houssaye, on trouve une véritable cascade de communards faisant leur autocritique. Adolphe Ducharme « voyait, avant de mourir, la misère et le néant de la cause » [7].

> « Cette fois, Adolphe Ducharme eut horreur de lui-même. Qu'avait-il fait de sa vie ? Quelle belle action le consolait de toutes ses déchéances ? [...] Que pouvait-il espérer, lui qui n'avait semé que le mal ? car il ne s'aveuglait pas sur ces grands mots de *patrie* et de *liberté* qui sont le drapeau de tant d'enfants perdus, qui ne croient ni à la Liberté ni à la Patrie ! [...] Au fond, qu'avait-il cherché dans la guerre contre les Prussiens et dans la guerre civile ? le bruit, l'appât

7. A. Houssaye, *op. cit.*, t. I, l. I, p. 187.

d'être capitaine [...] sans avoir laborieusement ou courageusement traversé l'étude ou la bataille [8]. »

Dans le même livre, dans le chapitre du « Dialogue des morts » déjà examiné, le ciseleur se repent avant de mourir :

> LE CISELEUR. — Ah ! si j'avais écouté ma femme, je ne serais pas là, crevant comme un chien.
>
> LE MARIN. — Si tu croyais en Dieu, tu mourrais comme un chrétien.
>
> LE CISELEUR (*expirant*). — Tu as raison. Ah ! si j'osais prier Dieu ! Donne-moi ta main, camarade [9]. »

Carnaval encore, le communard robuste et bon enfant, revient sur ses illusions :

> « J'ai laissé dans le sang toute la friperie révolutionnaire. Nous sommes tous des idiots. Voilà bientôt un siècle que nous nous faisons tuer pour rien. Je commence fortement à croire que l'égalité est une chimère [10]. »
>
> « Si jamais on me reprend à ces orgies-là, c'est qu'on viendra me chercher à Bicêtre ! Le monde est trop bête pour qu'on se fasse mourir pour lui [11]. »

Le conte de Daudet *Monologue à bord* est aussi une longue autocritique de la Commune qu'on retrouve encore dans le livre de Montégut à travers le personnage de Ludovic Charmes, socialiste naïf et sincère.

IV. L'ordre moral prêché par les communards.

Non seulement les communards font leur autocritique, mais encore ils deviennent les porte-parole des écrivains pour exposer les « idées » et les leçons à tirer de la Commune.

Nous avons vu le jugement de Maurice Levasseur à la fin de *La Débâcle*. Ludovic Charmes, le socialiste de Montégut, expose, avant de mourir, ce qu'il faudrait faire pour régler la question sociale :

8. A. HOUSSAYE, *op. cit.*, t. II, l. III, p. 101.
9. A. HOUSSAYE, *op. cit.*, t. I, l. II, p. 290.
10. A. HOUSSAYE, *op. cit.*, pp. 275-276.
11. A. HOUSSAYE, *op. cit.*, t. II, l. II, p. 82.

> « La paix et la concorde doivent venir d'en haut, descendre, ne pouvant monter. C'est le devoir des compréhensifs, des forts, de tendre la main aux faibles, aux enténébrés. Comment en vouloir à la foule — puisque l'on ne fait rien pour l'éclairer, l'instruire — d'avoir gardé l'atavique instinct des brutes préhistoriques, au temps où les ancêtres cannibales, dans les forêts monstrueuses, ne se rencontraient que pour se dévorer sur le seuil des cavernes ? Avec un peu de douceur, beaucoup de charité, on apaise les bêtes frustes qui tendent le dos, se soumettent sous l'étonnement d'une caresse [12]. »

Ce sont là les propos de l'ancien délégué de la Commune aux Finances ! Après cela, les Versaillais n'ont même plus besoin d'exprimer leurs propres idées, puisque les communards l'ont fait de façon si parfaite !

Ce procédé a un autre avantage : il révèle les divisions des communards alors que les Versaillais, eux, sont toujours unis.

D'autre part, ce sont les communards les moins antipathiques qui se repentent, ce qui est un moyen de montrer que tout homme ayant quelques qualités ne saurait rester jusqu'au bout du côté de la Commune.

Dans l'étude du thème de la famille, un procédé voisin est apparu : l'écrivain fait énoncer par un communard, un moment sincère et lucide, son rêve secret qui a été masqué par l'exaltation partisane : un bonheur calme dans une petite maison bien à soi, avec un petit jardin, une petite femme et des petits enfants.

Ainsi, en secret, le communard rend hommage à l'adversaire, et reconnaît que son propre idéal était mauvais.

V. Les personnages antithétiques.

Ce procédé transforme les oppositions politiques en oppositions très variées qui n'ont souvent rien à voir avec cette question. On trouve ainsi les oppositions suivantes :

— les Versaillais sont généralement en bonne santé et équilibrés *(mens sana in corpore sano)*, les communards sont souvent malingres, efféminés ou, au contraire, de gros gaillards jouisseurs ;

12. M. Montégut, *Le Mur*, p. 391.

— les Versaillais sont calmes, les communards sont exaltés, enflammés ;

— les Versaillais sont dévoués, les communards égoïstes.

Les personnages sont ainsi jugés avant même qu'on ne connaisse leurs opinions politiques.

On trouve dans tous les livres des couples antithétiques : à Jean Servien s'oppose Garneret, à Adolphe Ducharme s'oppose Eugène Henryet, à Maurice Levasseur, Jean Macquart. On sent la construction préétablie, le schématisme et les mécanismes primaires relevés tout au long des textes.

VI. La Commune contre la France.

Un autre procédé est de présenter les choses comme s'il n'y avait pas deux visions politiques et partisanes en présence qui symbolisent des intérêts différents, mais de faire comme s'il y avait, d'un côté une minorité malfaisante cherchant à semer le désordre et à attaquer l'organisation sociale, alors qu'en face il n'y a pas un parti, mais la France et le pays tout entier qui sont attaqués et qui sont contraints de se défendre pour ne pas disparaître. D'un côté, des intérêts partisans et égoïstes d'ambitieux et de fainéants, de l'autre l'intérêt général, la défense de la France éternelle et de sa civilisation. En ne mettant pas les deux parties sur le même plan, on introduit ainsi une appréciation profondément politique.

Les Versaillais ne semblent pas s'intéresser à la politique. Ainsi, le paysan Jean Macquart de *La Débâcle* : il ne combat que parce que la France est attaquée, par dévouement patriotique. Les communards sont donc bien responsables de cette guerre civile.

Un autre moyen de montrer l'absence de passion partisane des Versaillais et leur sang-froid consiste à leur faire juger les communards de manière impartiale.

Lorsque le voyou Casse-Cou, dans le livre d'Houssaye, dénonce aux Versaillais des chefs communards, le capitaine versaillais, juste et courtois, refuse d'exécuter les chefs communards, mais ordonne qu'on fusille le traître Casse-Cou [13].

Une telle lucidité ne saurait se limiter à ce cas. Par généra-

13. A. Houssaye, *op. cit.*, t. I, l. II, p. 309.

lisation, on peut penser que quelqu'un qui fait preuve d'un si grand esprit de justice doit avoir la justice avec lui.

Pour donner encore l'impression que les Versaillais représentent la France, on a vu que les écrivains ne peignent jamais du côté des Versaillais de gros bourgeois, des industriels, mais toujours de petites gens ou des aristocrates, ce qui est, une fois de plus, un moyen de masquer les véritables oppositions.

Tels sont les principaux procédés littéraires par lesquels les écrivains se sont efforcés d'amener le lecteur à prendre position vis-à-vis de la Commune [14].

Au terme de ce chapitre, nous pouvons comprendre l'échec et l'oubli de cette littérature politique aussi bien chez les auteurs mineurs que chez les grands écrivains.

Le schématisme, le symbolisme primaire et manichéen, les caricatures psychologiques, l'invraisemblance des retournements finaux, les clichés figés, tout cela relève d'une vision politique préétablie et rigide qui n'a pas réussi à s'insérer dans le moule littéraire et qui est venue se plaquer sur lui comme un élément étranger. Cette littérature n'a pu se développer que sur la base du consensus général d'une opinion qui voulait que les choses soient ainsi présentées, sur la base d'une peur collective. Le jour où cette peur s'est déplacée, cette littérature a perdu à la fois son support et sa raison d'être.

---

14. On trouve dans les *Contes du Lundi,* d'Alphonse Daudet, un procédé particulier, assez efficace, qui consiste à prendre le ton gentil, badin, amusé du conte et, au détour d'une phrase, à lancer une attaque contre la Commune, d'autant plus pernicieuse qu'elle est inattendue. L'auteur compte justement sur l'apparence anodine du conte pour que le lecteur accepte facilement ce type d'attaque.

IV

Langue et écriture chez les écrivains anticommunards

Il s'agit d'une langue politique d'une violence verbale extraordinaire, où le mot devient une arme chargée d'exprimer les antagonismes sociaux et le sentiments violents et impitoyables qui en résultent.

Nous nous efforcerons d'abord d'expliquer les causes de ce pouvoir du mot, puis nous étudierons ensuite le système d'argumentation de cette langue.

1

Le pouvoir du mot

Le mot, dans une période de tension et de passion politique, revêt un pouvoir plus grand que dans une période de tranquillité. Durant les périodes d'émotion, en effet, il devient porteur de sentiments de peur, de haine, d'indignation qu'il est chargé de refléter et qu'il doit en même temps communiquer au lecteur. Le mot devient alors plus que lui-même, déborde les sens divers qu'il assume habituellement et se trouve intégré dans un nouveau système d'opposition qui divise tout en Bien et en Mal. Selon les camps, le Bien étant la révolution ou la contre-révolution, le Mal jouant le même rôle.

Cependant, très vite, les écrivains se heurtent aux limites mêmes du vocabulaire existant pour exprimer les sentiments explosifs qu'ils ressentent et veulent faire partager. Ils éprouvent le besoin d'innover. C'est dans de telles périodes que se créent des mots nouveaux ou des acceptions nouvelles. Pour la Commune, ce sont les mots de pétroleuse, vitrioleuse, communard, amnistiard, etc.

Ces mots nouveaux, créés pour exprimer l'horreur, apparaissent eux-mêmes comme horribles :

> « Pétroleuse, mot hideux que n'avait pas prévu le dictionnaire : mais les horreurs inconnues nécessitent des néologismes effroyables [1]. »

1. T. Gautier, *Tableaux du Siège*, XXI, « Une visite aux ruines ».

Les mots, assimilés à ce qu'ils désignent, deviennent des entités vivantes :

> « Amnistiards — comme on dit : communards, et pour les mêmes raisons. L'un n'est pas plus français que l'autre. Mais il ne faut pas des noms français aux choses qui ne sont pas françaises. Les amnistiards peuvent entrer dans la langue comme les communards, qui y ont fait effraction et qu'y voilà établis, forçant le dictionnaire [2]... »

Un moyen justement pour traduire le caractère extrême, inconnu, des événements est d'affirmer l'impossibilité de la langue de refléter la réalité :

> « Horrible ! horrible ! disait Shakespeare. Il trouverait un nouveau mot aujourd'hui devant ces horreurs [3]. »

En dehors des néologismes, toutes les possibilités du langage sont utilisées. Ce qui compte, c'est moins le mot par lui-même, que la signification qu'on lui prête. Le mot se charge ainsi de valeurs nouvelles. Louis Veuillot, par exemple, exclut, grâce au vocabulaire, les communards de la communauté nationale :

> « Nos troupes, ou plutôt, comme le dit si bien la langue populaire, " les Français " sont entrés dans Paris [4]. »

On annexe le vocabulaire, on met les mots de son côté. On peut encore renforcer la puissance du mot en l'insérant dans un rythme incantatoire ou lancinant. Les mots se précipitent dans une accumulation sans fin, comme un défoulement de l'écrivain, et finissent par submerger le lecteur. Ce sont les incroyables accumulations de substantifs et d'adjectifs des descriptions de Leconte de Lisle, Gautier et Saint-Victor que nous avons citées.

Le mot enfin a un grand pouvoir de fascination dans la mesure où il ne se laisse pas facilement circonscrire et définir et où il donne libre cours à l'imagination et à l'émotion. Plus un mot est vague, mystérieux, étrange, insaisissable, plus il est susceptible de déclencher la peur et l'épouvante. Il y a ainsi des mots particulièrement riches parce que, à travers les siècles, ils ont porté la peur. Aussi, les évoquer à propos d'un évé-

---

2. BARBEY D'AUREVILLY, « Les Amnistiards », *Dernières Polémiques*, Paris, A. Savine éd., 1891, in-18°.
3. A. HOUSSAYE, *op. cit.*, t. I, l. I, p. 178.
4. L. VEUILLOT, *Paris pendant les deux sièges*, p. 500.

nement actuel, c'est, une fois encore, par association d'idées, ajouter à la peur actuelle des peurs ancestrales. Parler de brigands, de barbares, de Peaux-Rouges, de cannibales, c'est non seulement rendre épouvantables les communards, mais encore les faire participer aux images terribles que ces mots évoquent. Il y a contagion entre l'épouvante actuelle et les épouvantes passées, entre la vision actuelle et les évocations héritées du passé ou de l'étranger. Cela explique le pouvoir presque magique de ces mots.

Mais l'écrivain ne se contente pas du mot pour imposer ses idées, il utilise encore toute une série de procédés de construction par lesquels il transforme la réalité au gré de sa volonté et de ses options politiques.

2

Le système d'argumentation

I. « Le réel donné sous sa forme jugée ».

L'écriture anticommunarde ne se veut pas logique et démonstrative. On ne trouve pas de phrase explicative, de liens de cause à effet entre les différents constituants de la phrase. Rares sont les particules du type : parce que, en raison de, c'est pourquoi, etc., qui établissent des essais d'explication des faits. Non, la littérature anticommunarde se veut descriptive : il s'agit de décrire les communards, leurs crimes, les incendies, etc. Cependant, et c'est là une contradiction de cette écriture, ces descriptions n'utilisent pas un vocabulaire descriptif et objectif, mais un vocabulaire essentiellement moral. La description ne décrit pas, elle juge, c'est-à-dire qu'elle est fictive et ne se situe pas sur le plan de la réalité : il n'y a aucun intervalle entre le fait prétendument décrit et la signification qu'on lui attribue. Il y a économie de la description objective du fait et de l'explication qu'on donne du jugement, qu'on porte sur ce fait, pour décrire directement le fait jugé — sans explication ; le mot est en même temps description et jugement. Cette écriture est le moyen de traduire la vision manichéenne qui est celle des écrivains anticommunards. Puisque tout fait appartient à la catégorie du Bien ou à celle du Mal, aucun mot ne saurait être neutre ; il se charge de valeur et sert à classer dans une catégorie ou dans une autre. Pour caractériser cette écriture, on pourrait reprendre les termes que Roland Barthes utilise pour définir « l'écriture stalinienne » :

> « L'écriture a finalement pour fonction de faire l'économie d'un procès [...] ; celle-ci, en effet [vise] à donner le réel sous sa forme jugée, imposant une lecture immédiate des condamnations [1]. »

Par quels moyens les écrivains donnent-ils « le réel sous sa forme jugée » ? Essentiellement par le rôle qu'ils assignent aux adjectifs et par l'emploi de substituts dépréciatifs et injurieux.

A. *Rôle de l'adjectif*

L'adjectif a un rôle prédominant dans ce type d'écriture politique. Presque chaque substantif est accompagné d'un ou de deux adjectifs. C'est l'adjectif qui porte souvent le jugement de valeur de la phrase. Abstraits, ils portent des jugements moraux ou affectifs ; leur antéposition a une signification : l'adjectif prend, ainsi situé, une valeur générique et modalise le substantif. Le qualificatif s'intègre beaucoup plus au substantif et lui devient consubstantiel. C'est, de plus, un intensif. Dans de nombreux cas, on trouve de véritables adjectifs de nature. Sur le modèle du « bouillant Achille », on voit ainsi : « l'infâme Courbet », « l'immonde Vermersch » [2].

Ce n'est pas « une qualité » parmi d'autres que ces personnages posséderaient, mais le qualificatif qui définit et résume le personnage. Ainsi Flaubert définit chaque classe sociale par l'adjectif :

> « Ah ! comme je suis las de l'ignoble ouvrier, de l'inepte bourgeois, du stupide paysan et de l'odieux ecclésiastique [3] ! »

La façon dont certains adjectifs reviennent mécaniquement, presque de façon inconsciente, pour caractériser le communard ou la communarde, la façon d'intégrer ces adjectifs à l'individu pour en faire des « qualités » essentielles, tenant à la « nature » des individus, illustrent, une fois encore, le carac-

1. R. Barthes, *Le Degré zéro de l'écriture*, Gonthier éd., 1964, p. 25.
2. Leconte de Lisle, lettres du 29 mai et du 2 juin 1871 à J.-M. de Hérédia.
3. G. Flaubert, lettre du 6 septembre 1871 à George Sand.

tère véritablement racial des oppositions sociales. Voici le type habituel du communard :

> « Les gardes nationaux ? [...] des brutes toujours ivres, idiots, obscènes, les mains sales [4]... »

Le qualificatif qui revient le plus fréquemment est celui de « stupide ». Leconte de Lisle parle de « cette hideuse et stupide Commune » [5], Edmond de Goncourt des « stupides agitations [...] des convulsions bêtes d'une tourbe destructive » [6] et déclare : « On est pris de dégoût en voyant leurs faces stupides et abjectes [7]. » George Sand traite de l'Internationale et de « ses stupides adeptes » [8]. Ce terme permet d'écarter toute tentative d'explication rationnelle des actes de l'adversaire en situant ce qu'il peut faire dans un monde absurde et incompréhensible.

En dehors de cet adjectif, ceux qui apparaissent le plus souvent sont ceux de *hideux* et, en général, ceux qui expriment la laideur physique et morale : immonde, affreux, monstrueux, venimeux, difforme, pervers. Ceux aussi qui expriment la condamnation morale : abject, abominable, bas, exécrable, ignoble, infâme, horrible, mauvais, odieux, scélérat, sinistre, terrible, etc.

Les idées communardes sont caractérisées par les adjectifs suivants : chimérique, exalté, fou, grotesque.

Les adjectifs : bestial, cruel, farouche, fanatique, féroce, furieux, obscène s'adressent plus particulièrement à la femme, car, nous l'avons vu dans les textes, certains substantifs entraînent souvent le même adjectif. Par exemple, les termes s'accolant à insurrection sont souvent : exécrable et abominable.

Il y a une véritable inflation de l'adjectif ; parfois l'écrivain se laisse emporter dans une accumulation sans fin. Taine juge ainsi Paris :

> « Je suis obligé de le trouver grotesque, odieux, bas, absolument incorrigible [9]. »

4. M. Montégut, *op. cit.*, p. 64.
5. Leconte de Lisle, lettre du 29 mai 1871 à J.-M. de Hérédia.
6. Goncourt, *Journal*, 19 mars 1871.
7. Goncourt, *op. cit.*, 28 mars 1871.
8. G. Sand, lettre du 29 juillet 1871.
9. H. Taine, lettre du 26 mars 1871.

Houssaye définit un communard qui est :

> « lâche, cruel, blagueur, bravache — toutes les vertus des barricadiers »[10].

Ce besoin de qualifier, de porter des jugements de valeur va jusqu'à juger l'environnement inanimé des communards, auquel on fait assumer les vices communards eux-mêmes. Houssaye parle des « mégères que l'odieux pétrole a couronnées »[11]. Dans la description d'un procès, Daudet écrit :

> « Un mouvement se fit au banc hideux des pétroleuses[12]. »

B. *Les substituts péjoratifs*

Tout ce qui concerne les communards entre donc dans la catégorie du Mal. Si l'adjectif joue un rôle essentiel comme moyen de « donner le réel sous sa forme jugée », il en existe d'autres. Pour le substantif, on trouve ce que J. Dubois appelle dans sa thèse les substituts péjoratifs[13].

Le fait même d'appeler émeute, révolte, sédition ou insurrection le mouvement du 18 mars au lieu de parler de révolution est une façon de porter un jugement sur l'événement. Nous avons vu, par exemple, que Catulle Mendès, après avoir parlé d'usurpation les premiers jours, adopte ensuite le terme de révolution lorsqu'il sympathise presque avec la Commune, pour prendre le terme d'émeute lorsqu'il la condamne, à partir de la fin avril.

Ainsi le langage est commandé par les jugements que l'on porte sur les événements. De même, il existe des substituts péjoratifs à peuple : populace, tourbe, voyoucratie ; pour démocratie, on trouve démagogie, licence.

Selon le camp où l'on se trouve, on parle du courage ou, au contraire, de l'inconscience et du fanatisme des communards.

Ce vocabulaire dépréciatif existe de façon plus réduite en ce qui concerne le verbe. Pour illustrer la répression versaillaise, Houssaye parle d'un capitaine de ses amis « qui *purgeait* la

10. A. Houssaye, *op. cit.*, t. I, l. II, p. 303.
11. A. Houssaye, *op. cit.*, t. I, l. I, p. 177.
12. A. Daudet, « Les fées de France », *Contes du lundi*, p. 228.
13. J. Dubois, *op. cit.*, p. 96.

butte Saint-Roch de toutes les bêtes méchantes et venimeuses qui s'y étaient cachées »[14]. Il décrit encore un communard « *vomissant* son dernier soupir »[15].

De même, tous les actes de la vie quotidienne des communards sont exprimés par des verbes dépréciatifs : le communard ne rit pas, il ricane ; il ne mange pas, il bâfre, il s'empiffre ; il ne s'assoit pas, il se vautre ; il ne parle pas, il braille, déclame ou bégaye ; il ne passionne pas, il s'exalte, il se grise, il s'enflamme.

Par tous ces moyens, le fait brut n'arrive à être exprimé qu'une fois qu'il a été interprété, jugé et classé dans la double catégorie du Bien ou du Mal.

II. Le système analogique.

Le système analogique est un autre moyen de donner le réel sous sa forme jugée. L'analogie se substitue à l'explication ; elle remplace un rapport scientifique, logique entre deux faits, deux phénomènes, par un rapport lâche, accidentel et souvent formel. Grâce à l'analogie, il suffit de trouver des rapports singuliers, des caractères communs à deux faits très différents. A partir de là, le fait réel n'a plus d'importance. On abandonne la réalité pour le royaume idéaliste des formes, et il ne s'agit plus que de développer les conséquences du rapprochement effectué.

Nous voyons en quoi ce procédé est particulièrement utile aux écrivains au moment de la Commune. Il leur permet de n'utiliser de la réalité que certains côtés formels, qu'ils comparent soit à des faits d'autres domaines, soit à des faits passés. Un autre rôle de l'analogie est de provoquer une association d'idées entre deux faits non seulement sur les points de ressemblance qu'on a décelés, mais aussi sur tous les autres. Ainsi, on compare les communards à des brigands parce qu'ils ont fait brusquement irruption sur la scène politique, puis on passe à l'idée qu'ils ressemblent en tous points à des brigands. Ce qui est développé donc, ce n'est point le phénomène réel, mais celui auquel on le compare et qui est donné pour réel. La digression devient l'objet principal de la description. L'image de la comparaison, d'abord simplement mise en rapport avec

14. A. Houssaye, *op. cit.*, t. I, l. II, p. 301. (C'est nous qui soulignons.)
15. A. Houssaye, *op. cit.*, t. I, l. II, p. 303.

le fait réel, en vient à tout envahir et à se donner pour la représentation du réel, qu'à la limite on finit par éliminer. On ne dit plus « les communardes, comme des louves », mais « les louves de la Commune... ». Par ce raccourci brusque, l'imaginaire n'est plus seulement donné comme ressemblant au réel, mais comme le réel lui-même. L'injure est une analogie raccourcie où la comparaison est sous-entendue. Catulle Mendès parlant des communards s'écrie : « Erostrates de banlieue ! Sardanapales ivres de vitriol [16] ! » Et Maxime Du Camp affirme que les communards sont des « Sardanapales de la charcuterie et de l'absinthe », des « césarillons d'estaminet » [17].

Deux catégories d'analogies sont particulièrement fréquentes : ce sont les analogies animalières et les analogies historiques.

A. *Les analogies animalières*

Elles jouent différents rôles. Elles associent d'abord à l'idée d'animal plusieurs caractéristiques : bestialité, grossièreté, sauvagerie, cruauté qui, toutes, pour les écrivains, symbolisent parfaitement les communards.

Elles se rattachent aussi à la volonté de ramener les actes des communards à des comportements zoologiques. Elles traduisent l'idée raciale que les communards n'ont pas d'âme, agissent par pur instinct, en vertu de déterminismes biologiques.

On voit l'utilité de ce type d'analogie : il n'est plus nécessaire de trouver une explication rationnelle et politique à certains actes ; on n'a plus besoin de faire appel à la logique là où les instincts remplacent la raison.

Ces analogies animalières sont de trois types.

Il y a celles qui se donnent comme une explication générale de la Commune. Nous avons vu comment Gautier expliquait la Commune : sous toutes les grandes villes, selon lui, il y a « des fosses aux lions, des cavernes fermées d'épais barreaux où l'on parque les bêtes fauves, les bêtes puantes, les bêtes venimeuses » ; les révolutions se produisent lorsque le belluaire oublie les clefs aux portes de la ménagerie : « des cages ouvertes s'élancent les hyènes de 93 et les gorilles de la Commune » [18].

---

16. C. Mendès, *op. cit.*, p. 316.
17. M. Du Camp, *op. cit.*, t. III, pp. 255-256.
18. T. Gautier, cf. chap. II.

Non seulement l'analogie sert à déprécier le réel en assimilant les communards à des bêtes fauves, mais encore l'imaginaire a pour fonction de donner l'explication de la réalité.

Le second type d'analogies caractérise une attitude, un trait de caractère des communards qu'on assimile au domaine animalier.

Pour expliquer par exemple le fanatisme, le courage des communards qui se battent, Paul de Saint-Victor écrit :

> « On eût dit que leur guenille rouge avait le don de les aveugler, comme elle aveugle, en les irritant, les taureaux aux yeux desquels on l'agite [19]. »

Les comparaisons animalières sont fréquentes dans les portraits physiques : Théophile Ferré a « l'apparence d'un vautour inquiet » [20], des bandes de communards « galopaient comme des chacals » [21] ; des communards buvant au cours d'une orgie « lapaient comme des loups » [22]. Gautier contemple les prisonniers communards qui « haletaient et pantelaient comme des chiens de chasse », qui ont « des gestes d'une animalité pure », « leurs bras se pliaient comme ceux des singes, se cassant aux poignets dans des poses bestiales » [23].

Houssaye note :

> « Toutes les bêtes féroces ont leurs tannières, tous les émeutiers ont leurs barricades [24]. »

Pour expliquer le passage du « grotesque » aux crimes de la fin de la Commune, Saint-Victor évoque encore l'animal :

> « Rien de rapide comme la transition du singe au tigre dans la mascarade révolutionnaire [25]. »

La même image apparaît dans une lettre de Taine du 27 mai 1871. Dans cette description du roman d'Elémir Bourges, on trouve de vraies comparaisons qui finissent par remplacer le réel :

---

19. P. de Saint-Victor, *op. cit.*, p. 251.
20. M. Du Camp, *op. cit.*, t. I, p. 54.
21. M. Du Camp, *op. cit.*, t. III, p. 72.
22. M. Du Camp, *op. cit.*, p. 87.
23. T. Gautier, *op. cit.*, pp. 244-245.
24. A. Houssaye, *op. cit.*, t. II, l. I, p. 303.
25. P. de Saint-Victor, *op. cit.*, p. 247.

« Derrière eux hurlaient et ricanaient des soldats à mufle de tigre ; d'autres, sur un cou long et grêle, balançaient une tête aplatie comme celle de la vipère. On voyait des fronts de taureaux, des profils de porcs, de boucs, de béliers, des faces barbares de singes [26]... »

On débouche ici sur le troisième type d'analogies ; la comparaison n'est plus développée, l'image est assimilée au réel : c'est l'injure directe. Du Camp parle du « serpent à sonnettes de Félix Pyat » [27], des « loups-cerviers de l'Hôtel-de-Ville » [28], de « la caverne de ces singes mâtinés de chats-tigres » [29].

A ce type d'injures, se rattachent le portrait déjà cité de Gustave Courbet par Dumas fils [30], et les injures banales de « chiens enragés », de « loups ou de louves enragées », de « bêtes féroces », de « vipère », etc.

B. *Les analogies historiques, mythologiques et livresques*

Les analogies historiques, en évoquant le passé le plus sombre, associent à la peur présente les peurs héritées du passé [31], augmentant par là même le caractère effroyable de la Commune. Mais, en même temps, ces hommes de lettres, effrayés par un événement dont ils ne comprennent pas la signification, trouvent dans un recours à l'histoire un moyen de le dominer, de le circonscrire. En l'éloignant et en l'enfermant dans une catégorie du passé, ils lui ôtent toute sa vie, toute son originalité, ce qui leur permet ensuite de le dénoncer comme un plagiat mal digéré d'une expérience passée.

Ils peuvent dès lors représenter la Commune comme la résurgence d'un passé révolu, comme un phénomène anachronique, alors que ce sont eux précisément qui refusent de voir la réalité présente en face pour faire appel à leurs souvenirs historiques.

La diversité même des analogies historiques en montre le caractère purement formel. Pour Flaubert, la Commune est un retour au Moyen Age :

---

26. E. Bourges, *op. cit.*, t. I, p. 37.
27. M. Du Camp, *op. cit.*, t. I, p. 40.
28. M. Du Camp, *op. cit.*, t. III, p. 241.
29. M. Du Camp, *op. cit.*, t. III, p. 264.
30. Cf. *supra*, p. 58.
31. Cf. *supra*, p. 48.

> « Quels sauvages ! comme ils ressemblent aux gens de la Ligue et aux maillotins [32] ! »
> « La Commune, c'est la Ligue [33] ! »

Pour Catulle Mendès :

> « C'était Rome sous Tibère, c'est Rome après les barbares [34] ! »

Paul de Saint-Victor a un registre particulièrement riche : les communards sont

> « les firmans de Schahababan décrétant les inepties de Cabet [35] ! »

Les incendies :

> « Néron à travers les siècles y passait sa torche à Babeuf [36]. »

La justice sous la Commune, c'est celle

> « de Sancho Panza dans son île » [37].

Pour Taine, les communards sont les

> « Thugs de l'Europe » [38].

Pour Sand, ce sont

> « les anabaptistes de Munster » [39].

Théophile Gautier, lui, a des analogies de type mythologique ou livresque. Les communards avaient, selon lui :

> « des airs de stryges, de lamies, d'empouses ou, pour sortir de la mythologie du second Faust, ressemblaient aux sorcières barbues et moustachues de Shakespeare » [40].

Les injures sont, elles aussi, très riches :

> « Calibans monstrueux, fils du démon et de la sorcière Scyorax, toujours prêts à lécher les pieds de Trinculo pour un litre de bleu [41]. »

L'analogie devient ici défoulement de l'écrivain par l'injure ; elle est aussi pour lui un moyen de marquer sa supériorité par des références à la haute culture dans laquelle il se réfugie pour ne pas regarder la réalité en face.

---

32. G. Flaubert, lettre du 24 avril 1871 à G. Sand.
33. G. Flaubert, lettre du 27 avril 1871 à G. Sand.
34. C. Mendès, *op. cit.*, p. 327.
35. P. de Saint-Victor, *op. cit.*, p. 250.
36. P. de Saint-Victor, *op. cit.*, p. 253.
37. P. de Saint-Victor, *op. cit.*, p. 250.
38. H. Taine, lettre du 29 mai 1871.
39. G. Sand, article du *Temps*, 3 octobre 1871.
40. T. Gautier, *op. cit.*, pp. 242-243.
41. T. Gautier, *op. cit.*, p. 344.

C. *Les autres types d'analogie*

En dehors de ces deux grandes catégories, on trouve nombre d'autres variétés d'analogies, aussi dépréciatives ; le domaine du crime, des souterrains, des égouts est souvent évoqué.

Les communards, pour Gautier, ont « surgi d'entre les pavés de Paris comme une impure fermentation des fanges souterraines »[42], et pour Mendès « comme la lie monte à la surface dans le vin remué »[43].

Il y a aussi les comparaisons avec les sauvages et les barbares ; les communards sont des

> « sauvages, un anneau dans le nez, tatoués de rouge, dansant la danse du scalp sur les débris fumants de la Société »[44].

Toutes ces analogies ont pour fonction de provoquer l'épouvante, selon un procédé déjà examiné.

Il y a encore les comparaisons où la Commune est assimilée à une parodie, à une farce sinistre, à un Mardi gras socialiste, à une saturnale et à une orgie permanente[45].

Nous avons relevé également tout au long des textes de nombreuses analogies empruntées au domaine pathologique et médical, celles de Maxime Du Camp ou de Zola entre autres. Il y a enfin les analogies végétales et naturelles caractéristiques de la pensée de droite, telles celles que nous avons analysées dans *La Débâcle*.

Tels sont là les principaux procédés de cette langue éminemment politique qui se caractérise encore par son rythme saccadé, haché, incantatoire. Les auteurs accumulent les images, les répétitions comme pour envoûter leurs lecteurs. Ce flot de répétitions, d'injures est aussi pour eux un moyen de se libérer de leur peur. On se trouve en présence d'une langue qui refuse la démonstration logique et rationnelle, d'une langue émotionnelle qui reflète la peur et qui doit, contradictoirement, l'entretenir en même temps que la conjurer.

Langue de combat, langue primaire qui écarte les nuances, qui accuse et invective, qui utilise tous les moyens pour forcer le jugement du lecteur. A cet effet, nous l'avons vu, les auteurs font appel aux sentiments refoulés, à l'émotion, à la passion, à l'imagination et aux associations d'images.

---

42. T. Gautier, *op. cit.*, p. 352.
43. C. Mendès, *op. cit.*, p. 131.
44. T. Gautier, lettre à sa fille, citée par E. Tersen, *Vive la Commune*, Ed. sociales, 1951, p. 25.
45. Cf. le conte de Daudet, « Le Naufrage », *Contes du lundi.*

Conclusion

Lorsque, devant le danger révolutionnaire, la classe dirigeante se montre, le visage défiguré par la peur, elle n'est pas belle à voir.

Aussi cherche-t-elle, le plus rapidement possible, à reprendre une attitude impassible et sereine. Aussi cherche-t-elle à faire oublier qu'elle a eu peur, qu'elle a été profondément ébranlée.

Elle fait très vite comme si rien ne s'était passé, comme s'il ne s'était agi que d'un horrible cauchemar. L'académicien Ludovic Halévy note le 3 juin 1871 :

> « Ce soir, à neuf heures et demie, le long des boulevards, toutes les boutiques ouvertes, les cafés éclairés et regorgeant de monde : grande foule, gaie, bruyante, animée, et sur tous les visages comme un étonnement de revivre si vite et si facilement [1]. »

Parallèlement cependant, il s'agit de montrer que si l'ordre n'était pas vraiment susceptible de tomber, il faut malgré tout rester sur ses gardes, ne pas se relâcher, car l'ennemi peut devenir redoutable si on ne le surveille pas. Il est donc nécessaire de rappeler l'événement et d'entretenir la peur du communard.

Cette littérature versaillaise, qui s'est développée sur une vingtaine d'années, va s'épuiser dans la période suivante. On ne trouve plus guère que quelques œuvres de Paul Bourget [2] pour reprendre ce thème. En effet, cette littérature a perdu toute

1. L. Halévy, *Notes et Souvenirs,* pp. 82-83.
2. *La Barricade, Nos actes nous suivent,* etc.

utilité sociale, et le thème est remplacé : à la peur du communard et de la pétroleuse succèdent les peurs de l'anarchiste, du socialiste et de l'homme au couteau entre les dents. Le mythe de la Commune est relégué dans l'histoire, laissant la place aux mythes vivants et mobilisateurs du début du XXe siècle, qui ont la même fonction de préservation sociale. Ici ou là, on parle bien encore du communard, mais il s'agit d'un vétéran revenu de la déportation qui évoque son passé ; c'est le souvenir de la Commune qui apparaît de façon épisodique. Ainsi ce mythe de la Commune a gardé pendant quelque vingt ans une permanence, une fixité étonnante dans ses thèmes, ses images, son vocabulaire, avant de disparaître tout d'un coup en même temps que la peur qu'il manifestait et qu'il avait pour fonction d'entretenir.

Plus qu'un reflet de la Commune, ces documents sont révélateurs des écrivains eux-mêmes et de la classe sociale auprès de laquelle ils se sont rangés. Ils permettent de « saisir sur le vif » l'écrivain dans sa réaction aux problèmes politiques de son temps. Ils révèlent le degré élevé d'intégration de l'homme de lettres à la société de son époque, qui correspond à un fait objectif : durant cette période du Second Empire et du début de la Troisième République, il n'y a qu'un public, une clientèle possible pour l'écrivain : le public bourgeois et aristocratique. Seuls des écrivains comme Victor Hugo, par la forme de leur art, arrivent à déborder ce cadre et à toucher un véritable public populaire. L'écrivain, malgré ses apparences d'indépendance ou de révolte contre l'ordre bourgeois, est lié fondamentalement, en tant qu'écrivain, à cet ordre qui lui assure sa réussite littéraire. Il ne soupçonne même pas ce public potentiel que pourrait lui ouvrir une démocratisation de la vie politique et culturelle ou, du moins, il le méprise par avance. Il a été intégré et modelé à un tel point par la société bourgeoise que les formes mêmes de son art, s'appuyant sur la rareté et sur l'ésotérisme, s'opposent violemment à toute démocratisation, fût-ce celle que l'ordre bourgeois lui-même acceptera ou développera. L'écrivain se sent continuellement envahi et submergé par ce qu'il appelle la « voyoucratie ». C'est dans cette mesure que l'on peut parler d'une certaine autonomie de l'homme de lettres par rapport à la société bourgeoise de son époque. L'écrivain appartient à l'une des couches les plus conservatrices et les plus réactionnaires de la société. En effet, il s'est forgé, à l'intérieur de l'ordre bourgeois, ses propres intérêts idéologiques et ses propres valeurs. Sa situation explique que sa haine de la révolution soit encore plus farouche que celle du bourgeois. Ce dernier peut faire certaines concessions aux révolutionnaires sans compromettre l'existence même de l'ordre bourgeois. Au contraire, les mêmes concessions risquent de remettre en question les valeurs culturelles des hommes de lettres. Le bourgeois peut accepter et même prôner une certaine démocratisation de l'enseignement favorable au développement économique ; l'écrivain, lui, la redoute, car c'est toute sa conception aristocratique de la culture, tous ses privilèges culturels qui se trouvent menacés à travers elle. L'écrivain, malgré l'écrasement de la Commune, se sent condamné à plus ou moins long terme :

> « Le 4 septembre a inauguré un état de choses qui ne nous regarde plus. *Nous sommes de trop.* On nous hait et on nous méprise » [3],

écrit Flaubert. E. de Goncourt, lui, constate :

> « L'ascension de la voyoucratie n'a pas lieu seulement en politique. Elle va grand train en littérature [4]. »

Après la défaite électorale de Mac-Mahon en 1877, il déclare :

> « Je me sens un vaincu, l'homme d'une France qui est morte à tout jamais [5]. »

Cela explique qu'à un moment particulièrement critique comme mars 1871 l'écrivain ait condamné brutalement la Commune. Seuls ont pu échapper à l'emprise de la bourgeoisie, soit un grand écrivain comme Hugo dans la mesure où sa popularité lui assurait une certaine indépendance vis-à-vis de son public bourgeois, soit des écrivains bohèmes qui n'avaient pas à redouter ce public bourgeois, puisqu'ils n'avaient pas réussi à le gagner et n'avaient donc rien à perdre.

Ainsi, à côté des idées personnelles des écrivains, on ne saurait négliger ce facteur de sujétion particulièrement puissant.

A la fin du XIXe siècle, plusieurs éléments vont modifier cette situation.

Désormais, avec l'affaiblissement des forces révolutionnaires à la suite de la répression versaillaise, avec le développement

3. G. Flaubert, lettre du 28 octobre 1872 à Ernest Feydeau.
4. Goncourt, *Journal,* 22 juin 1872.
5. Goncourt, *Journal,* 18 décembre 1877.

de partis sociaux-démocrates, les problèmes ne se posent plus avec la même brutalité qu'en 1871.

En même temps, la petite bourgeoisie, qui avait participé de façon non négligeable aux mouvements révolutionnaires parisiens du XIXe siècle, se voit associée au pouvoir grâce au développement du parlementarisme.

Les clivages passent maintenant à l'intérieur des classes dirigeantes, et l'alternative est moins révolution ou maintien de l'ordre que république ou monarchie, laïcité ou cléricalisme, pacifisme ou militarisme.

Parallèlement, l'essor de l'enseignement primaire et secondaire, de la presse démocratique et du mouvement ouvrier va modifier la situation de l'écrivain dans la société, lui offrir de nouvelles possibilités, un nouveau public. L'écrivain peut, à l'occasion des nouvelles questions soulevées, choisir son camp.

Dès lors, des évolutions profondes vont s'effectuer. Le courant d'idées presque unanime, qui était celui des écrivains de notre période, va se rétrécir pour n'être plus représenté que par des écrivains de droite ou d'extrême-droite. Des écrivains anticommunards comme Anatole France et Emile Zola vont évoluer vers la gauche — sans pour cela revenir sur leurs positions au sujet de la Commune.

Les thèmes élaborés par les écrivains versaillais, tels ceux de la famille, du travail, des jeunes déracinés, du paysan sage et du mauvais ouvrier jouisseur, vont être repris, systématisés par des écrivains comme Barrès, Bourget, Léon Daudet, Maurras, pour devenir des thèmes classiques de la littérature de droite.

La littérature anticommunarde peut être également considérée comme le point de départ de la littérature polémique d'extrême-droite qui, à travers les thèmes nouveaux de l'antisémitisme, du colonialisme, du nationalisme et du communisme, reprendra les mêmes procédés de langue, les mêmes images et usera de la même violence verbale.

Bibliographie

I. Pour les 1re et 2e parties.

BANVILLE Théodore de, *Commentaire des « Odes funambulesques »*, Paris, Charpentier éd., 1878.

BARBEY D'AUREVILLY, *Dernières Polémiques*, Paris, A. Savine éd., 1891, in-18°, 359 p.

CAZALIS Henri, *Correspondance* avec Mallarmé, citée in MALLARMÉ, *Correspondance*, cf. *infra*.

CLARETIE Jules, *Histoire de la Révolution de 1870-71*, Paris, Aux bureaux du journal *L'Eclipse*, 1872, in-4°.

DAUDET Ernest, *L'Agonie de la Commune — Paris à feu et à sang*, Paris, E. Lachaud éd., 1871, in-12°, 152 p.

DU CAMP Maxime, *Les Convulsions de Paris*, Paris, Hachette éd., 1889, 4 volumes, in-16°.

Souvenirs littéraires, Paris, Hachette éd., 1882, 2 volumes, in-8°.

DUMAS FILS Alexandre, *Une lettre sur les choses du jour*, Paris, Michel Lévy éd., 1871, in-8°, 31 p.

La femme de Claude (Préface), in *Théâtre complet*, Paris, Calmann-Lévy éd., in-16°, t. V.

FEYDEAU Ernest, *Consolation*, Paris, F. Amyot éd., 1872, in-8°.

FLAUBERT Gustave, *Correspondance*, Paris, Louis Conard éd., 1926-1933, 9 volumes, in-8°, t. 2 (1847-1852) ; t. 6 (1869-1872).

FRANCE Anatole, *Correspondance*. Extraits in : BANCQUART Marie-Claire, *Anatole France polémiste*, Paris, Nizet éd., 1962, in-8°, 869 p.

GAUTIER Théophile, *Tableaux du siège. Paris 1870-1871*, Paris, Charpentier éd., 1872, in-12°.

Correspondance. Extraits in *Les plus belles lettres de Théophile Gautier,* Paris, Calmann-Lévy éd., 1962, 157 p.

GOBINEAU Arthur de, *Lettres à deux Athéniennes (1868-1876),* Athènes, Kauffmann éd., 1936, in-12°, 287 p.

Correspondance avec le comte de Prokesch-Oster (1854-1876), Paris, Plon éd., 1933, in-8°, 409 p.

La Troisième République et ce qu'elle vaut (œuvre posthume), Strasbourg, K. J. Trübner éd., 1907, in-8°, 125 p.

GONCOURT, *Journal. Mémoires de la vie littéraire (1851-1896),* Paris, Fasquelle, Flammarion éd., 1956, 4 volumes in-8°, t. 2 (1864-1878).

HALÉVY Ludovic, *Notes et Souvenirs 1871-1872,* Paris, Calmann-Lévy éd., 1889, in-12°, 280 p.

LECONTE DE LISLE Charles-Marie, *Correspondance. Lettres à Louis Ménard 1848-1849,* reproduites in LEBLOND Marius-Ary, *Leconte de Lisle,* Paris, Mercure de France éd., 1906, in-12°, 479 p.

Lettres de 1871 à J.-M. de Hérédia, reproduites in IBROVAC Miodrag, *J.-M. de Hérédia. Sa vie, son œuvre,* Paris, Les Presses françaises, 1923, in-8°.

Lettres de 1871 à Jean Marras, reproduites par BARTHOU Louis in *Revue des Deux Mondes,* 15 novembre 1933.

MALLARMÉ Stéphane, *Correspondance 1862-1871,* Paris, Gallimard éd., 1959, in-8°, 383 p.

MENDÈS Catulle, *Les 73 journées de la Commune (du 18 mars au 29 mai 1871),* Paris, E. Lachaud éd., 1871, in-18, 333 p.

MICHELET Jules, *Journal 1870-1874,* Texte établi par Claude Digeon, in-4° (Thèse compl. Paris, Lettres, 1957).

RENAN *Ernest, Correspondance (1845-1892),* in *Œuvres complètes,* Calman-Lévy éd., 1961, in-8°, t. X.
Dialogues philosophiques (1871), *Œuvres complètes,* t. I.
Réforme intellectuelle et morale de la France (1871) t. I.

RICHEPIN Jean, *Les Etapes d'un réfractaire,* Paris, Flammarion éd., 1896, in-24°, t. III, 240 p.

SAND George, *Correspondance* (1812-1876), Paris, Calmann-Lévy éd., 1882-1884, in-12°, t. VI.

Article du *Temps,* 3 octobre 1871, « Réponse à un ami ».

Article du *Temps,* 14 novembre 1871, « Réponse à une amie ».

SARCEY Francisque, articles du *Drapeau tricolore* et du *Gaulois,* mai 1871.

SÉGUR (comtesse de), *Lettres au vicomte et à la vicomtesse de Pitray,* Paris, Hachette éd., 1891.

Lettres d'une grand-mère, Paris, Oudin éd., 1898.

TAINE Hippolyte, *Correspondance,* 1847-1875, Paris, Hachette éd., 1902-1905, 3 volumes, in-12°, t. III (1870-1875).

VEUILLOT Louis, *Paris pendant les deux sièges, Œuvres complètes,* Paris, P. Lathielleux, 1927, in-8°, t. XIII.

ZOLA Emile, Articles du journal *La Cloche,* réunis in *La République en marche. Chroniques parlementaires. 13 février 1871 — 16 septembre 1871.* Paris, Fasquelle éd., 1956, 2 volumes, in-12°.

Articles du journal marseillais *Le Sémaphore.*

II. Pour la 3e partie (œuvres littéraires).

BOURGES Elémir, *Les Oiseaux s'envolent et les fleurs tombent,* 1893, Paris, Stock éd., 1942, in-12°, 2 volumes, t. I.

COPPÉE François, *Plus de sang,* Paris, A. Lemerre éd., avril 1871, in-12°, 11 p.

DAUDET Alphonse, *Lettres à un absent,* Guillaume éd., 1871.
Souvenirs d'un homme de lettres, Paris, Guillaume éd., in-12.

Contes du lundi, 1873, Paris, Nelson éd., 1937, in-12, 377 p.

FRANCE Anatole, *Les Désirs de Jean Servien,* Paris, Calmann-Lévy éd., 248 p.

HOUSSAYE Arsène, *Le Chien pendu et la femme fusillée,* Paris, E. Dentu éd., 1872, 2 volumes, in-8°.

MARICOURT René de, *La Commune en l'an 2073. Au bout du fossé!,* Paris, Librairie générale, 1874.

MONTÉGUT Maurice, *Le Mur (mars-avril-mai 1871),* Paris, E. Dentu éd., 1892, in-12°, 421 p.

SARDOU Victorien, *Rabagas, Théâtre complet,* Paris, Albin Michel éd., 1934, in-12°, t. III, 599 p.

ZOLA Emile, *Souvenirs,* texte XIV, in *Lazare,* Neuchâtel, Idées et Calendes éd., 1962, in-12°, 205 p.

Thérèse Raquin, 1869, Paris, Fasquelle éd., 1956, in-12°, 246 p.

« Jacques Damour », in *Naïs Micoulin,* Paris, G. Charpentier éd., 1884, in-18°.

Germinal, Paris, Fasquelle éd., 440 p.

La Terre, Paris, Fasquelle éd., 1957, in-12°, 519 p.

La Débâcle, Paris, Fasquelle éd., 1958, in-12°, 501 p.

Postface à l'édition de 1999

Permanence et fixité du langage pamphlétaire[1]

1. Cette postface reprend l'essentiel des postfaces des éditions de 1970 (laquelle développait un article écrit pour *Action*, n° 17, 25 juin 1968) et de 1982 (qui épinglait le livre de Jean Cau, *La Barbe et la Rose*, dans lequel il fustigeait le nouveau pouvoir socialiste).

Mai 68 : la presse et les politiques contre les « enragés »

Paris, mai 1871. Paris, mai 1968.

Il est frappant de voir réapparaître les mêmes clichés, les mêmes procédés pour dénaturer ces deux mouvements. Mais on ne saurait pour autant assimiler les réactions qu'ils ont suscitées. L'étude de la presse durant les mois de mai et juin 1968 révèle non pas une prise de position immédiate et brutale, comme ce fut le cas en 1871, mais une évolution qui épouse le déroulement des événements.

Elle critique d'abord les quelques dizaines d'« enragés » de Nanterre, puis, lorsque, dans les deux premières semaines de mai, les luttes revêtent une ampleur inattendue et que les perspectives politiques semblent problématiques, elle a tendance à prendre au sérieux le mouvement, à le flatter presque et à l'exploiter de façon spectaculaire, pour le condamner d'autant plus vers le milieu de juin lorsque De Gaulle a rétabli ses positions et a ôté toute perspective politique aux luttes en cours.

Enfin, on ne saurait étudier la réaction des hommes de lettres comme en 1871 ; on ne dispose encore ni des correspondances, ni des journaux intimes, ni des souvenirs, ni des reflets littéraires de l'événement. La réaction des écrivains en 1968 a d'ailleurs été beaucoup plus diversifiée qu'en 1871.

C'est donc la presse, suivant l'événement au jour le jour, qui servira, pour l'instant de point de référence à cette amorce d'étude.

Comme en 1871, la réaction de la droite devant le mouvement révolutionnaire est de lui dénier tout contenu politique profond, de refuser de considérer ses causes réelles. En 1968, le gouvernement s'est efforcé de montrer par tous les moyens que le mouvement n'avait pas ses racines dans des revendications politiques profondes : il y avait simplement exploitation d'une situation par des éléments étrangers qui ont dévoyé la masse sans volonté et pacifique et ont introduit artificiellement le désordre et l'anarchie.

Comme en 1871, un moyen efficace de nier les causes politiques du soulèvement est de déclarer qu'il s'agit d'une maladie, d'une fièvre accidentelles. Les termes de « fièvre », « maladie », « vertige », « malaise » apparaissent constamment dans la presse d'alors. *France-Soir* titre en page 4, le samedi 11 mai :

> « La fièvre a repris au quartier Latin »,

et l'article se poursuit ainsi :

> « Paris a la fièvre, une mauvaise fièvre. Elle semble s'apaiser et brusquement, la température monte. »

Lorsque le reflux du mouvement est amorcé, Jean Ferniot écrit dans son article « Mort d'une Révolution » (*France-Soir*, 1er juin) :

> « La France se regarde un peu hébétée, comme un homme libéré d'une forte fièvre qui se sent un peu faible, les jambes flageolantes, et qui oublie déjà les images fantastiques, pleines d'anges et de démons qui ont, tout au long de sa maladie, peuplé ses rêves. »

D'autres termes évoquent la maladie : *Combat* titre le 21 mai : « La Gangrène ».

Comment cette fièvre est-elle née ?

Les principaux responsables sont les « enragés » de Nanterre. Ce terme d'enragé réapparaît à l'occasion de toutes les révolutions. Il implique bien, par référence à « rage » et à « chien enragé », qu'on a affaire à un virus contagieux sans rapport avec la politique. Cette fièvre, comme en 1871, est souvent une fièvre obsidionale. Les étudiants de Nanterre vivaient dans un ghetto. Pour le doyen Grappin, Nanterre était devenu

> « Je n'ose pas dire un chaudron de sorcière, mais un espace clos sur lui-même » (*L'Aurore*, 4 mai 1968).

Le même phénomène s'est développé dans le « bastion » de la Sorbonne :

> « L'événement constant de cette claustration à l'intérieur de l'université, cette vie qui se déroulait absolument en vase clos avaient même déclenché des troubles psychiques chez certains jeunes » (*Le Parisien libéré*, 14 juin 1968).

À partir de là, la fièvre contagieuse peut se développer. *L'Aurore* du 13 juin parle du « virus Cohn-Bendit ». Parmi ces enragés, certains sont particulièrement dangereux : les *étrangers*.

Pour montrer que le mouvement n'a pas de racines objectives dans la réalité nationale, le pouvoir insiste sur l'importance des étrangers, agitateurs extérieurs qui viennent inoculer le virus révolutionnaire[2]. La presse a mis en valeur le fait qu'un des dirigeants du mouvement était un « anarchiste allemand », que plus de 150 étrangers ont été expulsés de France pour participation aux événements.

Le Premier ministre d'alors, Monsieur Pompidou, a parlé à l'Assemblée nationale

> « d'individus déterminés, munis de moyens financiers importants, [...] dépendant à l'évidence d'une organisation internationale [...] qui vise non seulement à créer la subversion dans les pays occidentaux, mais à troubler Paris » (15 mai 1968).

On parle de « complot international », d'agitateurs internationaux ; on fait remarquer que les théoriciens dont les groupes politiques se réclament n'ont rien de français : Bakounine, Che Guevara, Ho Chi-minh, Mao, Marcuse, Trotski.

On ne peut même pas parler le français avec de tels groupes :

> « Les groupes révolutionnaires, auteurs de ces violences, sont inaccessibles au raisonnement. Non que ceux qui militent dans leurs rangs soient bornés. Tout simplement, ils parlent un autre langage, ils obéissent à d'autres impulsions, *ils appartiennent à une autre planète, ou du moins à un autre continent* que le reste de la population » (Jean Ferniot, *France-Soir*, mercredi 12 juin).

---

2. On pourrait retrouver le même procédé de la part des gouvernements respectifs lors des événements de Mexico en 1968 et de Prague en août 1969.

Enfin, on emploie sciemment le terme évocateur de « Katangais », ces soi-disant Katangais auxquels on fait une publicité sans commune mesure avec leur importance.

Ces agitateurs étrangers s'appuient sur des groupuscules politiques composés souvent d'aventuriers. De même que Maxime Du Camp voyait le mouvement dirigé par « un groupe de sept à huit cents individus passionnés, réfléchis, méprisant le peuple au nom duquel ils parlent [...], des petits bourgeois déclassés » ; de même que la « socialiste » George Sand voyait dans la Commune un mouvement petit-bourgeois, le Parti communiste français considère que le mouvement de mai 1968 a été impulsé par des

> « groupuscules — quelques centaines d'étudiants. [...] En général des fils de grands bourgeois — méprisants à l'égard des étudiants d'origine ouvrière » (G. Marchais, *L'Humanité*, vendredi 3 mai 1968).
>
> « Cohn-Bendit ne défend pas les étudiants. Il les méprise. Il prétend que leur masse est amorphe » (*L'Humanité*, 24 mai 1968).

Ces groupuscules vont essayer de semer le virus parmi la masse des étudiants et des ouvriers. *L'Humanité-Dimanche* du 9 juin 1968 décrit ainsi l'action des groupuscules auprès des ouvriers de Renault-Billancourt :

> « Aucun effort n'a été ménagé, par le canal de personnages troubles, foisonnant sur la place Nationale, pour pousser à l'aventure, pour semer des idées séduisantes dans le climat un peu exceptionnel de Billancourt, mais détachées de toute analyse sérieuse des réalités, pour *échauffer les esprits*, pour encourager *à des coups de tête irraisonnés.* »

Ce sont exactement les mêmes termes que Zola utilisait pour décrire l'action pervertisseuse des mauvais ouvriers communards faisant leur « malfaisante besogne » (*L'Humanité*, 3 mai 1968).

Mais comment expliquer que ces groupes malfaisants puissent entraîner la masse des étudiants ? Il y a bien sûr le phénomène de fièvre contagieuse rencontré précédemment, mais le pouvoir ne nie pas qu'il existe un « malaise étudiant » et reconnaît que le problème de l'université est réel :

> « C'est une affaire de subversion. Elle s'est *greffée* sur un malaise estudiantin dont mieux que personne je suis à même de connaître l'existence » (Fouchet, 11 mai 1968).

Très habilement, le pouvoir essaye de diviser les enragés et la masse des étudiants :

> « Il faut tendre à réaliser les espoirs en extrayant du chimérique et même des excès qu'il véhicule leur contenu concrétisable » (Jean Auburtin, *Le Monde*, 1er juin).

Les maires de Paris, Zola et Catulle Mendès, en 1871, avaient souhaité la même chose.

On est prêt à reconnaître de l'idéalisme et de la générosité à une jeunesse qui a cependant manqué d'encadrement. Les pervertisseurs ont pu gagner l'appui des jeunes grâce aux défauts de notre système d'enseignement qui a laissé la jeunesse naïve livrée à elle-même et démunie devant le travail de perversion des démagogues. Jacques Fauvet mesure le danger que représentent ces meneurs :

> « Que veulent-ils ? On ne le sait encore. Que peuvent-ils ? On le voit aujourd'hui.
>
> Devant l'affaiblissement des organisations syndicales et politiques et la défaillance des autorités universitaires et gouvernementales, ils peuvent *enflammer* toute une jeunesse que la carence de tout encadrement rend d'autant plus libre et *ardente* » (*Le Monde*, 11 mai).

Il suffit donc d'une étincelle pour enflammer cette jeunesse ardente.

L'enseignement et les enseignants ont ainsi leur part de responsabilités :

> « Nous bourrons nos enfants de notions inutiles, nous les initions aux sciences, à la littérature et à la philosophie, mais ils sont incapables de juger objectivement des tendances politiques actuelles. Comme il est normal à cet âge, les plus généreuses mais aussi les plus farfelues les séduisent.
>
> Les semaines inquiétantes de mai ont montré à quel point notre jeunesse était politiquement naïve et prête à suivre n'importe quel démagogue » (le général Beaufre, *Le Figaro* du 6 juillet 1968).

À côté des étudiants naïfs et enfiévrés, pris de « vertige », qui ressemblent beaucoup aux Jean Servien et Maurice Ducharme d'Anatole France et d'Émile Zola, les meneurs trouvent une autre base de manœuvre pour impulser leurs provocations.

Le 25 mai 1968, le ministre de l'Intérieur Fouchet mettait en lumière l'importance de

> « la pègre chaque jour plus nombreuse, cette pègre qui sort des bas-fonds de Paris et qui est véritablement enragée [...]. Je demande à Paris de "vomir" cette pègre qui le déshonore ».

Il est intéressant de voir *L'Humanité* reprendre l'argument et les mots mêmes de Fouchet. Dès le 26 mai, *L'Humanité-Dimanche* lui emboîte le pas :

> « On retrouvera ces voyous douteux, cette pègre organisée dont la présence salit ceux qui l'acceptent et plus encore la sollicitent. »

De même la Fédération de la Gironde du P.C.F. voit dans les manifestations de Bordeaux la « sale besogne » de la pègre :

> « Tout le monde a pu reconnaître, parmi les arracheurs de pavés et les constructeurs de barrages baptisés "barricades" la lie de Bordeaux : souteneurs, voleurs et repris de justice, commandos d'anciens paras, fascistes de tout poil, etc. » (*L'Humanité*, 27 mai 1968).

Cette pègre n'a qu'un but : l'orgie et la « chienlit ». La presse bourgeoise cherche à semer la peur en décrivant les « horreurs de la Sorbonne ». Les meneurs sont de véritables bêtes enragées. Sous le titre : « Ceux qui soufflent sur les braises », Jean Ferniot décrit ainsi les combats du quartier Latin :

> « De la termitière du quartier Latin, une nuée se répand dans la ville, puis y rentre, sous les coups des forces de l'ordre » (*France-Soir*, 12 juin).
>
> « De rue en rue, [...] on faisait refluer la *horde* jusque dans son *antre*, où elle se tenait pour se nourrir, *panser* ses plaies, faire l'amour et dormir. Jusqu'à la prochaine sortie *sauvage* » (*France-Soir*, 14 juin).

Le même numéro décrit ainsi les habitants de la Sorbonne :

> « Il y a parmi eux des drogués, des jeunes fugueuses, des hommes et des femmes en situation illégale, toute une population de Cour des Miracles. »

Le Parisien libéré va délecter ses lecteurs de descriptions croustillantes :

> « Rendez-vous du "Tout-Paris" dès que l'on fut certain qu'on pouvait s'y aventurer, [...] la "vieille dame du Savoir" s'encanaillait à vue d'œil, [...] sa liberté tant cherchée était devenue licence. Tout était permis, jusques et y compris la liberté de contrevenir aux lois les plus élémentaires de l'hygiène [...]. Cette promiscuité entre garçons et filles a donné lieu quelquefois

à des scènes où la vertu sinon la décence ne trouvaient pas leur compte » (*Le Parisien libéré*, 14 juin 1968).

Le même journal titrait en première page :

> « Un îlot insalubre au cœur de Paris [...] une épidémie de maladies vénériennes s'est déclenchée. »

Le « vandalisme » (*Le Parisien libéré*, 13 juin 1968) des étudiants qui incendient les voitures avec

> « des produits tels que l'essence, dont les manifestants paraissent avoir de véritables stocks » (*L'Humanité-Dimanche*, 26 mai).

est le pendant des incendies des communards et des pétroleuses.

Dans tout cela, la politique n'est donc qu'un prétexte. Pour les « groupuscules » eux-mêmes, dont on ne peut nier le caractère politique, on insiste cependant sur leur confusion et leurs divisions :

> « Leur idéologie est confuse. Anarchisme, castrisme, maoïsme, tout s'y mêle, mais ce qui surnage, c'est le nihilisme. Ni doctrine, ni foi, ni loi » (discours de M. Peyreffite à l'Assemblée nationale, 8 mai 1968).

Pour Robert Poujade il s'agit d'une

> « parodie romantique des journées d'Octobre » (discours à l'Assemblée, *Le Monde*, 22 mai).

Selon J.-F. Brisson (*Le Figaro*, 22 mai) :

> « Ces apprentis-sorciers ont en tout cas mis en lumière, une fois de plus, le vide idéologique qui apparaît comme le mal du siècle. »

Gilbert Cesbron (*Le Monde*, 26 juin) voit ainsi l'« intelligentsia » du mouvement .

> « Ayant mis à jour hargnes et ambitions, ce fut, dans bien des domaines, le festival des ratés, le banquet des dents longues, un spectacle inoubliable. »

Il ajoute : le mouvement a

> « drainé pêle-mêle les partisans, les snobs, les casseurs, les simples d'esprit, les envieux, les ratés ».

On retrouve ici les énumérations de Leconte de Lisle. Paul Guth s'adresse ainsi à un Sorbonnard (*Le Figaro* du 12 juin) :

> « Monsieur s'ennuie. Mais vous vous ennuieriez toujours quelle que soit la forme de la société. Et si jamais vous étiez

capable de créer votre société idéale qui n'a jamais existé, vous vous ennuieriez encore plus. L'ennui est en vous, Monsieur. Jamais vous ne pourrez l'en arracher. C'est le nom poli que vous donnez à votre néant. »

1982 : la rage pamphlétaire de Jean Cau

« Contrairement aux prophètes d'Israël que le don d'oraculer ne visite qu'à condition de secouer d'énormes barbes sur les remparts de Sion, c'est rasé que nous prophétisons l'horreur, la mort, la fin du monde sous le socialisme. Que nous définissons, d'abord, une fois de plus. C'est une chauve-souris au ventre bombé qui grouillasse de vers et qui à chaque couinement éjacule des fientes puantes sur le jardin des Tuileries et les tombeaux des rois. C'est une nuit grasse qui se dépose sous les ongles et souille les draps lorsqu'on les griffe, la nuit, au cours de cauchemars. (...)

« Que si, désormais et pour une durée mystérieuse, nous voilà plongés dans le socialisme, je ne vois d'autre recours qu'en sa négation exquise au niveau précieux de nos personnes rendues impénétrables à ses grossièretés. Préciosité qui n'ira pas sans un certain ridicule mais, c'est ainsi, quand tout sera gris, nous ne saurions arborer d'autre vêture qu'un frac rose et des chemises aux bouffonnants crevés. À toute sottise répandue par Demos, nous opposerons une désuète élégance. J'espère que les enfants des travailleurs et démocrates nous montreront du doigt et nous suivront dans la rue en nous lançant de vulgaires quolibets appris en famille et innocemment répétés.

« Ils n'oseront pas aller jusqu'à la lapidation car nous ne hâterons pas notre pas. Jamais. Nous marcherons posément et même, s'il nous plaît et par défi, nous ondulerons des hanches pour bien marquer que le pas socialiste, si lourd, n'est pas de notre goût. Nous flotterons, nous danserons sur le sol désormais épais de l'Histoire. Des elfes nous serons, qui pincent la cithare et rêvent de sofas où dorment des lévriers pendant que les masses, place de la Chose publique, godilleront des javas au son de l'accordéon et de son frère horrible : le piston.

« Nous allons être rares. Je propose que nous nous haussions sur socques et échasses pour dominer le troupeau. Voici les bergers de l'insolence ! Ils se nourrissent d'ortolans. Ou de pain bis. Point de mesure. Ils boivent le champagne ou l'eau du robinet. Point de mesure. Ils proclament, ô Nathanaël, leur mépris pour les nourritures socialistes qui font que la plèbe émet des vents navrants. Je nous souhaite, face à la graisse subventionnée, des maigreurs d'hidalgos. »

Encore des extraits d'un écrivain anticommunard ? Point du tout ! Ces passages sont tirés d'un pamphlet publié en avril 1982 et écrit par Jean Cau, *La Barbe et La Rose* (La Table Ronde). Mêmes clichés, mêmes images, mêmes procédés de langue, mêmes pensées. 1871, 1968, 1982... Étonnantes similitudes ! On retrouve la même peur, les mêmes nostalgies, et surtout la même logorrhée verbale. Qu'il soit bien clair qu'il ne s'agit pas à travers cette postface de porter un jugement politique sur la situation actuelle en France, mais de montrer comment un certain langage pamphlétaire de droite (mais qui peut être aussi de gauche), tend à substituer à l'argumentation rationnelle, à la présentation des faits, le pouvoir incantatoire des mots, l'inflation pompeuse des images qui doivent non pas convaincre la raison mais impressionner l'autre, l'envoûter, le mettre en déroute devant l'armée des mots.

Dans ce combat l'écrivain doit être un soldat et les mots doivent être ses armes. Tous les coups sont permis. Il faut « défigurer » l'autre, le réduire à l'état de monstre :

> « Folle prétention ensuite : le socialisme serait “à visage humain”. Aveu terrible : donc il a faciès de monstre mais grâce à maquillages, fards et chirurgies, nous donnerons à Gorgone les traits d'Aphrodite. Vrai qu'il a les yeux rouges, le front bourrelé et bas, que ses lèvres, énormes lippes, sont laquées de sang, qu'il souffle du feu par deux trous en place de nez, que son haleine est fétide, que ses oreilles sont d'un rat et que la peau de ses joues est couverte de squames où grouille le ver, il n'importe : le professeur La Mitte, assisté du docteur belge et des infirmières Cresson, Roudy, Halimi, etc., couchera la créature immonde sur la table d'opération et lui donnera un visage humain. Celui, par exemple, d'un enseignant à la barbe taillée. À ses pattes, on greffera des mains de prélat. Des dents de porcelaine remplaceront ses crocs d'où gicle le venin meurtrier. Le ciseau chirurgical l'amputera de sa queue de caïman. Mais la voix ? Elle est celle, grondante, d'un suppôt d'enfer et de Goulag. Greffe-t-on des cordes vocales ? Ce chœur de cyclopes chantera-t-il le socialisme avec des voix de patronage ? Et l'estomac ? Ce dragon, habitué à se repaître de chair humaine, le nourrira-t-on de confiture de roses ? Les déchets, enfin, de ses digestions, où les enfouira-t-on ? Quelle usine les retraitera ? Au large de quelle mer seront-ils vidangés ? Tel est le plus grave problème que doit résoudre le socialisme qui n'a accédé au pouvoir que pour déféquer ses mauvais rêves sur les chaises percées de sa puissance » (*idem*, p. 117-118).

Il n'est pas étonnant dès lors de retrouver les mêmes images que celles rencontrées tout au long de ce livre :

> « Depuis le 10 mai 1981, le serpent socialiste qui rampait sur la France s'est dressé sur sa queue.
>
> « Depuis le 10 mai 1981, la taupe socialiste qui multipliait les tumulus et les tunnels de sape dans le jardin français, folâtre à l'air libre.
>
> « Avant d'être tragique, cette situation est vulgaire car tout nous avait été annoncé, par notre maître Zarathoustra, sauf que "le dernier homme" serait incarné par l'enseignant-député à la barbe taillée.
>
> « C'est des représentants de cette espèce, produits de notre dégénérescence, que je viens, sur ces feuillets, entretenir quelques lecteurs naufragés.
>
> « Rien n'est en effet plus urgent que de dénoncer avec quelle vulgarité barbue la France est désormais gouvernée. Rien » (*idem*, p. 7).

La lecture du pamphlet de Jean Cau confirme sur tous les points les analyses faites ici et montre qu'au-delà de la variété des situations historiques, le mode de pensée pamphlétaire est étroitement limité, que le stock de clichés, d'images, de figures de style n'est pas renouvelable et que les écrivains qui s'enferment dans ce genre en sont réduits à faire des variations sur des thèmes connus.

1999 : le triomphe de la dérision ?

Qu'en est-il en 1999 ? Y a-t-il toujours permanence de cet esprit versaillais ? La réponse est beaucoup plus malaisée qu'il y a trente ou même quinze ans. Sans reprendre l'antienne sur l'effondrement des grandes idéologies, l'expérience répétée de l'alternance et de la cohabitation a permis aux Français de vérifier que l'*Autre*, celui du camp politique d'en face, lorsqu'il était au pouvoir, faisait souvent le contraire de ce qu'il avait dit qu'il ferait lorsqu'il était dans l'opposition et faisait à peu de chose près la même chose que le pouvoir antérieur. Dès lors, les hommes politiques, par réalisme, ont adopté un code de bonne conduite et, en dehors de quelques envolées lyriques lors de meetings électoraux et de quelques débordements lors de débats échauffés à l'Assemblée, le langage politique s'est assagi ; il est désormais encadré, contrôlé, surveillé. Les tribunaux sont saisis de tout appel à la violence ou au racisme. Même les partis racistes doivent officiellement refouler leur vocabulaire préféré sous peine de sanction.

Devant ce langage « politiquement correct », il n'y a plus que les petits partis extrémistes pour jouer encore de façon lyrique et démagogique avec les grandes peurs, avec l'imaginaire collectif et historique, avec les vieux fantasmes, avec le climat de guerre civile, de guerre des classes, des races ou des religions.

Le pamphlet s'est déplacé du collectif à l'individuel, du lyrisme à la dérision. Des « Bébêtes Show » aux « Guignols », on animalise les vedettes, on ridiculise, on néantise en mettant les rieurs de son côté à la manière de Swift ou de Voltaire. Si parfois on égratigne jusqu'au « lynchage médiatique », comme cela n'est pas sérieux, il n'y a pas de quoi s'émouvoir. Le langage pamphlétaire serait-il donc définitivement mort ? Non. Sous le calme général, il suffirait d'une crise grave, d'une crispation sociale ou d'une étincelle qui « allumerait l'incendie » dans les « quartiers sensibles » des grandes villes, pour que les vieux mots et les vieilles peurs refassent surface, que les « chiens enragés », les « bêtes fauves », les « vipères lubriques » ressurgissent et brisent la couche de bienséance et le langage politiquement convenu qui semblent pourtant bien installés…

Postface à l'édition de 2010

La Commune n'est pas morte… dans la fiction française

Depuis le centenaire de 1971, et surtout depuis les années 1990, la Commune de Paris n'a jamais été autant présente dans les livres et la culture. Il ne se passe pas d'année sans que plusieurs livres n'en fassent un thème central ou secondaire de leur fiction et cela dans tous les domaines possibles : romans, nouvelles, théâtre, littérature policière, bandes dessinées, romans pour la jeunesse. Et autant à la fin du XIXe siècle, c'est la vision anticommunarde qui dominait largement, autant, au fil du temps, on assiste à un retour de balancier complet : plus aucun ouvrage ne fait désormais l'apologie de Thiers et des Versaillais. Comment expliquer ce renversement, quelles en furent les étapes et comment expliquer l'engouement croissant pour la Commune ? On pourra également se demander pourquoi, aujourd'hui, il n'y a plus deux visions antithétiques de la Commune, mais des lectures plurielles, éclatées, complémentaires de l'événement. Aussi les romans et pièces de théâtre que nous allons évoquer doivent-ils faire l'objet d'une double analyse : ils révèlent autant la Commune que la situation historique du moment où l'écrivain a produit son œuvre.

Ce n'est pas un hasard si le thème de la Commune, qui avait presque complètement disparu de la littérature depuis la Première Guerre mondiale, réapparaît dans les années 1930 avec la montée des périls. Jean Cassou, dans son roman *Les Massacres de Paris*

(1936), parle ainsi autant des préoccupations des intellectuels antifascistes de cette période que de la Commune. Le dramaturge Arthur Adamov, en 1961, décrivant dans sa pièce *Printemps 71* Louis Nathaniel Rossel comme un traître et un aventurier [1], rend compte autant de l'atmosphère encore stalinienne et dogmatique de l'époque qu'il peint la Commune. De même, donnant une place prépondérante à deux héroïnes des « pays de l'Est », Polia Krikovskaïa, une Polonaise, et Sofia Nikolaïeva, une étudiante russe, il inscrit sa Commune comme une « répétition générale » de la révolution russe.

Ce n'est pas non plus un hasard si c'est durant les années 1970, dans le climat libertaire et gauchiste suscité par Mai 68 et dans la préparation du centenaire de 1871 que le thème de la Commune a été particulièrement fécond : le roman de Jean-Pierre Chabrol, *Le Canon Fraternité* (1970), s'inscrit parfaitement dans cette configuration.

Histoire et fiction

On a vu dans ce livre que la littérature anticommunarde, prisonnière de son idéologie, a été incapable de produire des œuvres durables. Comment les écrivains procommunards ont-ils affronté les mêmes problèmes de représentation de l'Histoire ? Comment raconter la Commune sans tomber dans la relation historique avec ses « scènes obligées » : le 18 mars à Montmartre, la mort des généraux Lecomte et Thomas, les élections du 26 mars, la proclamation des résultats le 28 mars à l'Hôtel de Ville, les premiers échecs militaires et la mort de Flourens (3-4 avril), la démolition de la colonne Vendôme, le dernier dimanche paisible et ensoleillé à Paris avec le concert aux Tuileries, l'entrée des troupes versaillaises dans Paris, la Semaine sanglante, la mort de Delescluze, le Père Lachaise et les dernières barricades, la répression féroce des Versaillais, le camp de Satory, etc. Ainsi, beaucoup de romans tels que *Les Pavés de la haine* de Georges Touroude (1970) suivent fidèlement ce parcours [2]. La question se pose : le roman apporte-t-il davantage

1. Dans une *Anthologie de la Commune* parue en 1959 aux Éditions sociales, Adamov écrit à propos de Rossel : « Je n'ai pu me résoudre à ranger Rossel parmi les Communards. »
2. Voir également Georges COULONGES, *Les Boulets rouges de la Commune*, Fixot, Paris, 1993.

qu'une bonne histoire de la Commune ? Il y a souvent contradiction entre les intentions des romanciers et la forme même du roman historique, qui reste très traditionnelle.

Pour justifier sur le plan romanesque cette vision exhaustive, il faut que le narrateur se déplace rapidement à travers tout Paris et la banlieue. Aussi les romanciers ont-ils recours à un personnage très jeune qui sert de commissionnaire pour transmettre les messages de la Commune dans la capitale. Le héros narrateur du *Canon Fraternité* de Chabrol, Florent Raste, se déplace ainsi avec Marthe, sa compagne, sur le cheval Phoebus tout au long du roman. Le romancier doit être particulièrement habile pour justifier que son narrateur soit toujours bien placé ou informé pour pouvoir suivre toutes les péripéties de la Commune !

Personnages historiques et personnages fictifs

La confrontation de véritables personnalités historiques avec des héros fictifs est une autre difficulté de ce type de roman. En effet, pour ancrer davantage le roman dans l'histoire, pour créer un effet de réel, la plupart des écrivains introduisent des personnages authentiques dans leur roman. Presque tous les dirigeants de la Commune sont sollicités : Louise Michel, Eugène Varlin, Jules Vallès, Gustave Courbet, Gustave Flourens. Le personnage le plus noir est sans conteste Raoul Rigault, le délégué à la préfecture de police (qui prend dans *Les Massacres de Paris* une coloration très Guépéou). Une autre personnalité souvent évoquée et qui joue un rôle central dans de nombreux romans (*Les Massacres de Paris*, 1936 ; *La Communarde*, 1971 ; *L'Ordre et le désordre*, 1970) est Louis-Nathaniel Rossel, qui est aussi le personnage central de la pièce de théâtre *La Butte de Satory* (1967). Héros problématique, souvent valorisé dans certains ouvrages et fortement critiqué par d'autres, comme nous l'avons vu : curieusement, depuis les années 1980, il a disparu de la fiction.

Parfois, ces personnages réels ont des relations approfondies avec les héros romanesques (Flourens par exemple couche avec Marthe, la compagne de Florent, le narrateur du *Canon Fraternité*). Dans plusieurs romans, les personnages de fiction ont moins d'épaisseur que les personnages historiques et la fiction est plus pâle que la réalité.

De l'intellectuel provincial critique au héros parisien collectif

Le type romanesque qui apparaît le plus fréquemment jusqu'aux années 1970 est paradoxalement un type qu'avait développé la littérature anticommunarde du XIXe siècle et qui va se perpétuer dans les romans favorables à la Commune. Il s'agit d'un intellectuel bourgeois ou petit-bourgeois, souvent de province, héritier des héros romanesques de Balzac, Stendhal ou Flaubert. Ainsi le héros de Jean Cassou, Théodore Quiche, ressemble-t-il beaucoup à Julien Sorel. Celui de Cécil Saint-Laurent, Lucien Richelance, est un jeune homme de province, autodidacte ambitieux qui a pour modèle Rastignac et les personnages de Balzac. Georges Baron, le héros de Georges Touroude dans *Les Pavés de la haine*, est le petit dernier d'une famille de fermiers, monté à Paris : diplômé en droit et en lettres, il travaille comme journaliste au *Cri du peuple* de Vallès. Louis Darrieu, le protagoniste de *L'Ordre et le Désordre* de Claude Spaak, est un jeune bourgeois, fils cadet d'un viticulteur de Gironde dont le frère aîné, Roger, est à Versailles secrétaire d'Adolphe Thiers. De même, Antoine Tarpagnan, le héros du *Cri du peuple* de Jean Vautrin (1999), capitaine du 88e régiment de ligne qui refuse de tirer sur la foule le 18 mars à Montmartre, vient du sud-ouest de la France, où il a été élevé par un notaire de la ville.

Ce qui caractérise tous ces personnages bourgeois ou petits-bourgeois est que leur adhésion à la Commune n'est pas évidente du premier coup. Nombre d'entre eux, après un premier mouvement patriotique d'enthousiasme, sont déçus par les chefs de la Commune. Théodore Quiche, le narrateur des *Massacres de Paris*, prend le parti de Rossel et complote avec lui pour se débarrasser des dirigeants incompétents de la Commune. On trouve chez Cassou des jugements très sévères sur les méthodes de Raoul Rigault et de Théophile Ferré et sur les exactions de la rue Haxo. Mais, finalement, tous ces personnages, malgré leurs réticences ou leurs désillusions, iront jusqu'au bout par sentiment de fraternité et refus de l'ordre versaillais et finiront tués sur les barricades ou seront déportés en Nouvelle-Calédonie. Un exemple curieux de ce type est publié en feuilleton dans le journal *L'Humanité* (1er février-13 avril 1911) sous le titre *Les Amours d'un communard*, d'Albin Villeval : Gaston Laurent doit interrompre de brillantes études pour aider sa mère après la mort de son père, grand imprimeur qui s'est ruiné. Condamné à mort après la Semaine sanglante, il mourra de façon sublime, assumant la responsabilité des fautes de la Commune que par ailleurs il désapprouve.

On le voit, il faudra attendre les années 1970 et Jean-Pierre Chabrol pour qu'apparaissent d'autres personnages que ces intellectuels assez dissidents. Pour le centième anniversaire de la Commune, on ne trouve plus qu'un seul roman critique (celui de Cécil Saint-Laurent) et ce qui apparaît surtout au premier plan, c'est un nouveau héros collectif, le peuple de Paris, avec le communard de base et sa famille, saisi dans sa vie quotidienne, au milieu de sa communauté, dans son quartier : Belleville, Montmartre, le Faubourg Saint-Antoine, la place de la Contrescarpe, les Gobelins. 1968 est passé par là : on s'inspire de l'atmosphère de Mai 68 pour imaginer ce qu'avait été mai 1871. Henri Lefebvre, quelques années plus tôt, écrit avec lyrisme : « La Commune de Paris ? Ce fut d'abord une immense, une grandiose fête, une fête que le peuple de Paris, essence et symbole du peuple français et du peuple en général, s'offrit à lui-même et offrit au monde. Fête du printemps dans la cité, fête des déshérités et des prolétaires, fête révolutionnaire et fête de la révolution, fête totale, la plus grande des temps modernes, elle se déroule dans la magnificence et dans la joie[3]. »

Jean-Pierre Chabrol, mieux que tout autre, a su traduire cet état d'esprit. Dans son avant-propos de 1970 au *Canon Fraternité,* il exprime ses préoccupations : « L'histoire officielle, celle des princes et des chefs, ne m'a jamais beaucoup passionné. Je voulais écrire la mienne "au niveau le plus bas", celui de la piétaille, des gaillards en bleu de chauffe et des gaillardes en fichu qui s'y mettent en nombre pour changer le cours du monde. Il fallait pour cela que je me sente l'un d'eux, que je vive, que je mange comme eux, que mon nez sente les mêmes odeurs, que mes oreilles s'emplissent des mêmes bruits... Je suis allé traîner des heures et des heures dans ce Belleville, juste avant qu'on entreprenne sa démolition. J'ai établi un lexique du langage ouvrier de l'époque, j'ai étudié le parcours et le tarif des omnibus impériaux... »

Cet effort d'empathie pour reconstituer une communauté dans toute son épaisseur avec les artisans, les femmes, les enfants, les animaux, le tissu de la vie dans sa continuité, constitue la principale qualité du livre de Chabrol. Écrit au jour le jour par Florent, le jeune héros narrateur qui tient son journal, ce procédé

3. Henri LEFEBVRE, *La Proclamation de la Commune*, Gallimard, Paris, 1965.

permet d'« enregistrer » les jours de la Commune comme le peuple a dû les vivre, avec ses hauts et ses bas, sans recul et sans distanciation critique, au plus près de la mentalité du peuple communard, avec ses illusions, ses rêves vécus dans la spontanéité. Le livre de Chabrol va être l'archétype de toutes les fresques romanesques qui vont reprendre son modèle, tel Georges Coulonges avec *Les Boulets rouges de la Commune*, qui ajoute cependant au fil du texte, avec la présence dans le roman de Jean-Baptiste Clément et d'Eugène Pottier, les chansons et poèmes de ces deux écrivains. (Dans ce livre, les deux belles filles travaillent au restaurant Brébant, ce qui permet d'entendre – en contrepoint – les propos anticommunards de Théophile Gautier, de Goncourt, de Renan.)

La construction du livre de Chabrol rencontre cependant un écueil, celui d'une approche un peu aveugle, dénuée du regard critique nécessaire. Plusieurs romanciers contournent cette difficulté par divers procédés : le journal après coup, écrit au lendemain de la Semaine sanglante (c'est le cas de deux livres pour la jeunesse, *Julien de Belleville* de Raoul Dubois et *Le Gamin des barricades* d'Alain Bellet). Un autre procédé consiste à créer un personnage particulièrement lucide et expérimenté, qui voit toujours plus juste et plus loin que les autres (l'ancêtre chez Chabrol, Georges Baron dans *Les Pavés de la haine*), mais le risque est alors de tomber dans l'anachronisme ou la lucidité rétrospective consistant à formuler les critiques contemporaines : attaque militaire trop tardive de Versailles, manque d'audace à l'égard de la Banque de France, absence d'une direction centralisée : ce sont les critiques de Marx, puis de Lénine.

On touche ici un autre écueil de ce type de littérature : la thèse politique et doctrinaire. Le roman qui tombe le plus dans ce travers est celui de Léon Cladel, *I.N.R.I.*, écrit entre 1872 et 1887 et que son auteur ne parviendra pas à faire publier. Il faudra attendre avril 1931 et le mouvement de la littérature prolétarienne pour qu'Henri Poulaille, directeur de la collection « Les romans du nouvel âge », puisse faire paraître le livre à la Librairie Valois dans une édition abrégée. Quatre ans plus tard, il sera repris en feuilleton dans le quotidien de la SFIO, *Le Populaire*. Ce roman raconte l'histoire de la Commune jusqu'à la Semaine sanglante. Les deux protagonistes sont Jacques Râtas, jeune paysan assez peu politisé qui, sous l'influence de sa compagne Urbaine Hélioz, faubourienne de Belleville, va peu à peu faire son éducation politique et terminer sa vie comme le Christ, en martyr de la Commune. Urbaine éduque son amant, en même temps que le lecteur, avec de longs discours politiques répétitifs. Tout cela nous vaut un texte terriblement bavard, un véritable catéchisme révolutionnaire, prophétique et apocalyptique, dans une vision manichéenne qui répond au manichéisme des anticommunards. Ce texte très verbeux a été réédité en version intégrale en 1997.

Nouvelles approches de la Commune

Après l'entreprise énorme de Chabrol, de nature, après quelques essais, à décourager toute autre entreprise équivalente, le thème de la Commune s'est développé dans de nouvelles directions parfois novatrices sur le plan formel.

Les romans centrés sur un personnage historique : la fiction biographique

L'écrivain part d'un communard et construit un roman autour de sa vie. De ce procédé, on peut donner deux exemples non dénués d'intérêt : *Fille de la colère. Le roman de Louise Michel*, de Michel Peyramaure (2003), qui romance la vie mouvementée de la communarde et nous entraîne dans toutes ses aventures ; et *Le Grand Soir* (2006), du cinéaste François Dupeyron, qui romance de même la vie pittoresque et riche en couleurs de Gustave Courbet en saisissant le peintre deux ans avant sa mort, alors qu'il est en exil à Genève. Il rencontre dans un bordel une jeune prostituée, Mona, en qui il croit reconnaître Jo, la femme de ses rêves, celle qui lui a servi de modèle pour *L'Origine du monde*. Une nuit entière, il va se confier à elle, lui raconter sa vie, ses amours, ses échecs, la Commune de Paris, son procès, son exil en Suisse. Beau roman, bien enlevé ; portrait vif d'un personnage débraillé mais poignant, décrit avec empathie.

Michel Ragon, lui, romance moins et reste plus près de la biographie dans la peinture de la relation de Louise Michel avec Georges Clemenceau : *Georges et Louise. Le Vendéen et l'anarchiste* (2000).

Des genres nouveaux : le livre pour la jeunesse, le roman policier, la bande dessinée

Rares encore dans les années 1970, les romans sur la Commune de Paris se multiplient plus tard dans la littérature de jeunesse. Ils prennent clairement position pour la Commune et ont pour objectif de faire connaître à leurs jeunes lecteurs un événement qui a longtemps été ignoré des manuels scolaires. Choisissant un héros narrateur de l'âge du lecteur ou un peu plus âgé, ces romans, à la manière de Chabrol, essayent de reconstituer de l'intérieur et avec sympathie l'atmosphère de l'époque.

Trois romans très proches par leurs thèmes sont ainsi publiés dans les années 2000 : *Séraphine* de Marie Desplechin (2005), *Le Temps des cerises, journal de Mathilde (1870-1871)* de Christine Féret-Fleury (2006) et *Sophie au temps des cerises* de Béatrice Deru-Renard (2009). Dans les trois romans, l'héroïne, orpheline ou enfant trouvée, après une enfance très pauvre, va être éduquée par Louise Michel (ou influencée par elle pour Séraphine), qui lui transmet la vocation d'enseigner à son tour. *Séraphine*, à la fois roman d'apprentissage et roman historique, qui se passe treize ans après la Commune, est le plus original par sa construction et par son ton très enlevé.

Un autre genre qui se développe depuis les années 1980 est le roman policier, qui prend la Commune comme toile de fond d'une intrigue policière. On relève ainsi *Marx et Sherlock Holmes* d'Alexis Lecaye (1985), qui met en scène un Sherlock Holmes encore jeune et inexpérimenté, chargé par Karl Marx de traquer un tueur à la solde de Thiers et de Bismarck. C'est l'occasion de voir Paris durant la Commune et d'assister à la féroce répression versaillaise. *L'Or des Abbesses* de Gérard Delteil (1997) est une intrigue policière qui se passe aujourd'hui et qui tourne autour de la recherche d'un hypothétique trésor disparu pendant la Semaine sanglante de 1871. *Le Cri du peuple* de Jean Vautrin (1999) et son adaptation en bande dessinée par Jacques Tardi (2001-2004) en quatre volumes s'inscrivent en grande partie dans cette veine. On y trouve une structure policière, une atmosphère proche à la fois de Léo Malet et de Daniel Pennac (le commissaire Mespluchet, le sous-chef de la sûreté, Horace Grondin, avatar de Vidocq et, comme lui, passé par le bagne), mais aussi des personnages qui semblent sortis des romans d'Eugène Sue ou des *Misérables* de Victor Hugo : la peinture des « Apaches » de la bande de l'Ourcq et des bas-fonds de Paris, avec ses surineurs et ses filles perdues au langage populaire et argotique. Vautrin ne néglige pas cependant les moments les plus spectaculaires de la Commune et les grandes planches de Tardi restituent admirablement et de façon presque documentaire des scènes importantes de la Commune. S'inscrivant dans la tradition populaire du feuilleton, le roman de Vautrin a été publié dans *L'Humanité*.

Tardi n'est pas le seul dessinateur qui se soit emparé du thème communard. On peut citer au moins trois autres bandes dessinées : *Le Sang de la Commune* de Pierre Charras et Chantal Montellier (1982), étrange traversée de Paris à la découverte des endroits où gisent encore les morts de la Commune – le Père Lachaise, la caserne Lobau, Montmartre –, avec des dessins obsessionnels et envoûtants. *L'Exécution* de Jean-Paul Dethorey (1996), histoire d'un meurtre par un colonel de réserve, peintre pompier par ailleurs, qui se servira de son engagement dans les troupes versaillaises pour échapper à la justice. *L'Écorché* enfin de Florent Germaine (2006), dont la première scène se déroule au cimetière du Père Lachaise le 27 mai 1871, au moment du massacre des derniers communards.

La Commune incidemment ou comme motif

Dans la dernière période, on pourrait citer de très nombreux romans dans lesquels la Commune n'est pas le sujet essentiel, mais où elle apparaît à un moment de façon anecdotique. Ainsi *Un chasseur de lion* d'Olivier Rollin (2008) et, de façon plus significative, *L'Imitation du bonheur* de Jean Rouaud (2006). Ce dernier livre montre qu'en effet, après Chabrol, Coulonges, Vautrin et d'autres, une certaine veine a été presque entièrement explorée et épuisée ; qu'il est nécessaire de trouver d'autres angles d'approche. La Commune de Paris devient ici un fil rouge d'un roman déroutant qui bouscule le déroulement chronologique et qui nous mêle à la rencontre inattendue en juin 1871 de Constance Monastier, jeune épouse d'un maître soyeux des Cévennes voyagant en diligence du Puy à Alès avec Octave Keller, qui fuit la répression de la Commune. On retrouve un peu dans ce livre des éléments du *Hussard sur le toit*, mêlés à des variations sur le thème de la Commune.

Pourquoi cet intérêt croissant pour la Commune ?

Une première explication de ce « retour de la Commune » est qu'il s'agit d'un phénomène de rattrapage par rapport à un événement historique qui a longtemps été enfoui, caché honteusement, un peu à la manière d'autres périodes plus récentes (Vichy, la guerre d'Algérie, les harkis) ou plus anciennes (la guerre de Vendée) et qui, après une période de purgatoire, refait surface. Le discours de Gambetta proposant une loi d'amnistie des communards le 21 juin 1880 est en effet longtemps resté la règle d'or en France : « Il faut que vous fermiez le livre de ces dix dernières années, que vous mettiez la pierre tumulaire de l'oubli sur tous les crimes et tous les vestiges de la Commune et que vous disiez à tous qu'il n'y a qu'une France et qu'une République. » Pendant près d'un siècle, l'histoire de la Commune a été ainsi étouffée.

Une autre explication nous semble liée à la chute du mur de Berlin et à l'effondrement du camp socialiste. Et ce, à un double titre. D'une part, cette révolution à la fois jacobine et libertaire a été l'objet d'un véritable kidnapping historique, d'abord de la part de Marx puis surtout de Lénine, pour devenir la traduction enfin réalisée de la « dictature du prolétariat ». Traduction certes encore incomplète, insuffisante et inachevée, mais dont il fallait tirer les leçons pour faire la révolution d'Octobre : la Commune a ainsi été « annexée » par la Grande Révolution de 1917, qui l'a prise sous son aile comme une étape préliminaire, tragique mais utile. L'URSS était devenue la jalouse gardienne du temple de l'orthodoxie communarde et de ce qui devait se dire à son propos. Le camp socialiste ayant disparu, la Commune de Paris est, elle aussi, désoviétisée et « renationalisée ». Elle retrouve sa spontanéité et sa complexité. Elle est de nouveau libérée pour toutes les interprétations. Cela explique le foisonnement actuel et la multiplicité de visions de la Commune : marxiste, libertaire, nationaliste même – en avril 2000, Jean Tibéri et Jacques Toubon n'ont-ils pas inauguré sur la Butte-aux-Cailles, dans le XIIIe arrondissement, une place de la Commune de Paris ?

D'autre part, avec les déceptions causées par les mouvements révolutionnaires tiers-mondistes (Chine, Cuba, Algérie, Viêtnam, Cambodge, Éthiopie, etc.), avec la chute du « pays des lendemains qui chantent », on a assisté en France à un retour hexagonal des rêves révolutionnaires. La Commune de Paris, avec ses milliers de martyrs, la radicalité des rapports de classes qu'elle a révélée, la brièveté romantique et nostalgique de son existence, la diversité et la jeunesse de ses dirigeants, peut en effet se prêter à toutes les cristallisations, devenir le vecteur symbolique de l'espérance déçue ailleurs. Et, ayant été épargnée par l'usure du pouvoir et la confrontation avec une réalité médiocre du fait de son interruption brutale et féroce par les Versaillais, la Commune porte encore en germe toutes les potentialités et tous les rêves : elle peut fournir virtuellement un modèle pour l'avenir dans une société en manque de repères et qui a du mal à se confronter avec le présent.

Une dernière explication tient enfin aux merveilleux scénarios qu'elle fournit à la fiction et à l'emprise de cet événement sur nos imaginations : le lyrisme révolutionnaire, une atmosphère festive, des situations dramatiques, des héros enthousiastes et tragiques, de grandes scènes collectives et populaires, des combattants jeunes et des ennemis impitoyables, le rôle majeur joué par les femmes durant ces soixante-douze jours, une fin brutale et héroïque, des chants mélancoliques comme « Le temps des cerises », que tout le monde peut encore fredonner avec « un pincement au cœur[4] ».

Tout cela peut expliquer l'attrait actuel pour un événement qui n'a aucun équivalent dans d'autres pays. Est-ce que l'Angleterre, l'Espagne, l'Allemagne entretiennent le même rapport émotionnel et passionnel avec leurs guerres civiles ? Comme on le voit, parler de la Commune maintenant n'est toujours pas innocent et il ne s'agit pas seulement d'une question d'histoire littéraire. Car, à travers la Commune, beaucoup continuent à parler d'aujourd'hui et même de demain.

Quelques éléments (très incomplets) de bibliographie

Romans

Jules VALLÈS, *L'Insurgé*, Charpentier, 1886.

Georges DARIEN, *Bas les cœurs !*, Savine, 1889.

Gustave GEOFFROY, *L'Apprentie*, Fasquelle, 1901.

Lucien DESCAVES, *La Colonne*, Stock, 1901.

4. « N'est-ce pas parce que [la Commune] appartiendrait d'abord plutôt à la littérature » qu'à l'histoire, se demandent Roger Bellet et Philippe Régnier dans l'introduction de leur livre *Écrire la Commune*, Du Lérot, Tusson, 1994.

Victor et Paul MARGUERITE, *La Commune*, Plon-Nourrit, 1904.

Lucien DESCAVES, *Philémon, vieux de la vieille*, Ollendorf, 1913.

Paul BOURGET, *Nos actes nous suivent*, Plon-Nourrit, 1927.

Léon CLADEL, *I.N.R.I. (1872-1887)*, Librairie Valois, 1931 (rééd. Du Lérot, 1997).

Léon DEFFOUX, *Pipe en bois, témoin de la Commune*, Éditions de France, 1932.

Jean CASSOU, *Les Massacres de Paris*, Gallimard, 1936.

Georges BLOND, *Les Naufragés de Paris*, Le Livre contemporain, 1959.

Jean-Pierre CHABROL, *Le Canon Fraternité*, Gallimard, 1970 (rééd. Omnibus, 2000).

Georges TOUROUDE, *Les Pavés de la haine*, Albin Michel, 1970.

Claude SPAACK, *L'Ordre et le désordre*, Flammarion, 1970.

Pierre GAMARRA, *L'Or et le Sang*, EFR, 1971.

Cécil SAINT-LAURENT, *La Communarde*, Presses de la Cité, 1971.

Jacques DUQUESNE, *Maria Vandamme*, Grasset, 1983.

Éliane AUBERT, *Le Temps des cerises*, Denoël, 1990.

Georges COULONGES, *Les Boulets rouges de la Commune*, Fixot, 1993.

Jean VAUTRIN, *Le Cri du peuple*, Grasset, 1999.

Michel RAGON, *Georges et Louise. Le Vendéen et l'anarchiste*, Albin Michel, 2000.

Michel PEYRAMAURE, *Fille de la colère, le roman de Louise Michel*, Robert Laffont, 2003.

Florence Hélène ROCHE, *Les Fruits de la liberté*, Souny, 2004.

Marc VIELLARD, *Les Amants de la Commune*, Le Temps des cerises, 2004.

Jean ROUAUD, *L'Imitation du bonheur*, Gallimard, 2006.

François DUPEYRON, *Le Grand Soir*, Actes Sud, 2006.

Olivier ROLLIN, *Un chasseur de lions*, Seuil, 2008.

Théâtre

Arthur ADAMOV, *Printemps 71*, Gallimard, 1961.

Hubert GIGNOUX, *La Canaille*, Gallimard, 1963.

Pierre HALET, *La Butte de Satory*, Seuil, 1967.

Armand GATTI, *Les Treize Soleils de la rue Saint-Blaise*, Seuil, 1975.

Romans policiers

Alexis LECAYE, *Marx et Sherlock Holmes*, Fayard, 1981.

Gérard DELTEIL, *L'Or des Abbesses*, Éditions de la Voûte, 1997.

Alain BELLET, *Fausse Commune*, Le Passage, 2003.

Bandes dessinées

Pierre CHARRAS et Chantal MONTELLIER, *Le Sang de la Commune*, Futuropolis, 1982.

Jean-Paul DETHOREY, *L'Exécution*, Dupuis, 1996.

Jacques TARDI et Jean VAUTRIN, *Le Cri du peuple* (4 volumes), Casterman, 2001-2004.

Florent GERMAINE, *L'Écorché*, tome 1, Dupuis, 2006.

Livres pour la jeunesse

Bertrand SOLET, *Bastien, gamin de Paris*, La Farandole, 1969 (rééd. Syros, 1984).

Robert BIGOT, *Les Lumières du matin*, Hachette, 1975 (rééd. Actes Sud junior, 2004).

Raoul DUBOIS, *Julien de Belleville*, Messidor, 1990.

Claude PUJADE-RENAUD et Daniel ZIMMERMANN, *La Commune n'est pas morte*, Messidor, 1991.

Alain BELLET, *Le Gamin des barricades*, Milan, 1996.

François MATHIEU, *J'étais enfant pendant la Commune de Paris*, Le Sorbier, 1997.

Philippe DUMAS, *Le Temps des cerises*, L'École des loisirs, 1997.

Marie DESPLECHIN, *Séraphine*, L'École des loisirs, 2005.

Christine FÉRET-FLEURY, *Le Temps des cerises, journal de Mathilde*, Gallimard jeunesse, 2006.

Kathryn LASKY, *La Ballerine et les Barricades*, Gallimard jeunesse, 2007.

Alice ALENIN, *Rouge de sang*, Hachette jeunesse, 2009.

Béatrice DERU-RENARD, *Sophie au temps des cerises*, L'École des loisirs, 2009.

Table

Introduction 7

I. Comment expliquer l'attitude hostile des écrivains devant la Commune de Paris

1. CONDITIONS HISTORIQUES, POLITIQUES ET SOCIALES DEPUIS 1848 12

2. ÉCRIVAINS ET CLASSES SOCIALES 19
   I. Le bourgeois 19
   II. Le peuple et la bohème 22
   III. Aristocratie et conception aristocratique de l'art 28

3. LE REFUS DE L'ACTION POLITIQUE ET LE MOUVEMENT DE L'ART POUR L'ART 33
   I. Le refus de l'action politique 33
   II. Le mouvement de l'art pour l'art 35

II. La réaction personnelle et politique des écrivains

1. RÉACTION À L'ANNONCE DE L'ÉVÉNEMENT ET SIGNIFICATION GLOBALE QUE LUI DONNENT LES ÉCRIVAINS 45

2. JUGEMENTS PORTÉS SUR LES COMMUNARDS 58
   I. Les dirigeants 56
   II. Le peuple 61
   III. La communarde 63
   IV. Les étrangers 65

3. L'ŒUVRE DE LA COMMUNE 68

4. LA SEMAINE SANGLANTE ET LES JOURS QUI ONT SUIVI 71

5. L'AVENIR DE LA FRANCE APRÈS LA COMMUNE. LES REMÈDES À LA CRISE 78

III. La réaction littéraire des écrivains

CONSIDÉRATIONS GÉNÉRALES 91

1. LES TYPES DANS LA LITTÉRATURE ANTICOMMUNARDE 97
   - I. Le jeune déclassé communard 98
   - II. Le mauvais ouvrier 103
   - III. Le voyou 108
   - IV. La communarde 112
   - V. Le soldat versaillais 116

2. LES THÈMES ET LES MYTHES 122
   - I. L'orgie 122
   - II. La fièvre obsidionale 124
   - III. La culture pervertisseuse 124
   - IV. Famille et travail 127

3. LES PROCÉDÉS LITTÉRAIRES 135
   - I. Destruction formelle de l'argumentation communarde 135
   - II. Réduction de la classe ouvrière à un seul personnage 138
   - III. Le repentir du communard 138
   - IV. L'ordre moral prêché par les communards 139
   - V. Les personnages antithétiques 140
   - VI. La Commune contre la France 141

IV. Langue et écriture chez les écrivains anticommunards

1. LE POUVOIR DU MOT 146

2. Le système d'argumentation 149
I. « Le réel donné sous sa forme jugée » 149
A. *Rôle de l'adjectif* 150
B. *Les substituts péjoratifs* 152
II. Le système analogique 153
A. *Les analogies animalières* 154
B. *Les analogies historiques, mythologiques ou livresques* 156
C. *Les autres types d'analogies* 158

Conclusion 159

Bibliographie 163

Postface à l'édition de 1999. Permanence et fixité du langage pamphlétaire 167

Postface à l'édition de 2010. La Commune n'est pas morte… dans la fiction française 181

Dans la même collection

Littérature et voyages

Fadhma Amrouche, *Histoire de ma vie.*

Taos Amrouche, *Le grain magique.*

Ibn Batûtta, *Voyages* (3 tomes).

Louis-Antoine de Bougainville, *Voyage autour du monde.*

René Caillié, *Voyage à Tombouctou* (2 tomes).

Christophe Colomb, *La découverte de l'Amérique* (2 tomes).

James Cook, *Relations de voyages autour du monde.*

Hernán Cortés, *La conquête du Mexique.*

Bernal Díaz del Castillo, *Histoire véridique de la conquête de la Nouvelle-Espagne*

Charles Darwin, *Voyage d'un naturaliste autour du monde.*

Charles-Marie de La Condamine, *Voyage sur l'Amazone.*

Homère, *L'Odyssée.*

Jean-François de Lapérouse, *Voyage autour du monde sur* l'Astrolabe *et la* Boussole.

Bartolomé de Las Casas, *Très brève relation de la destruction des Indes.*

Louis-Sébastien Mercier, *L'an 2440, rêve s'il en fut jamais.*

— *Le tableau de Paris.*

Louise Michel, *La Commune, histoire et souvenirs.*

Martin Nadaud, *Léonard, maçon de la Creuse.*

Paul Nizan, *Aden Arabie.*

Mungo Park, *Voyage dans l'intérieur de l'Afrique.*

Lady M. Montagu, *L'islam au péril des femmes.*

Marco Polo, *Le devisement du monde, le livre des merveilles* (2 tomes).

Mémoires de Géronimo.

Horace Benedict de Saussure, *Premières ascensions au Mont-Blanc, 1774-1787.*

Victor Serge, *Les années sans pardon.*

— *Le Tropique et le Nord.*

B. Traven, *Le chagrin de saint Antoine.*

— *La révolte des pendus.*

— *Le vaisseau des morts.*

Inca Garcilaso de la Vega, *Commentaires royaux sur le Pérou des Incas* (3 tomes).

Arnaud Viviant (dir.), *L'Entreprise.*

Essais

Mumia Abu-Jamal, *Condamné au silence.*

— *En direct du couloir de la mort.*

Lounis Aggoun et Jean-Baptiste Rivoire, *Françalgérie, crimes et mensonges d'États.*

Hocine Aït-Ahmed, *L'affaire Mécili.*

Fadela Amara, *Ni putes ni soumises.*

Patrick Artus et Marie-Paule Virard, *Comment nous avons ruiné nos enfants.*

Patrick Artus et Marie-Paule Virard, *Le capitalisme est en train de s'autodétruire.*

Michel Authier et Pierre Lévy, *Les arbres de connaissances.*

Morjane Baba, *Guérilla Kit.*

Adame Ba Konaré (dir.), *Petit précis de remise à niveau sur l'histoire africaine à l'usage du président Sarkozy.*

Étienne Balibar, *L'Europe, l'Amérique, la guerre.*

Nicolas Bancel, Pascal Blanchard et Sandrine Lemaire (dir.), *La fracture coloniale.*

Louis Barthas, *Les carnets de guerre de Louis Barthas, tonnelier, 1914-1918.*

Nicolas Beau et Catherine Graciet, *Quand le Maroc sera islamiste.*

Nicolas Beau et Jean-Pierre Tuquoi, *Notre ami Ben Ali.*

Michel Beaud, *Le basculement du monde.*

Stéphane Beaud et Younès Amrani, *« Pays de malheur ! ».*

Stéphane Beaud, Joseph Confavreux et Jade Lindgaard, *La France invisible.*

Miguel Benasayag et Diego Sztulwark, *Du contre-pouvoir.*

Sophie Bessis, *L'Occident et les autres.*

Mongo Beti, *La France contre l'Afrique.*

— *Main basse sur le Cameroun.*

Pascal Blanchard et Isabelle Veyrat-Masson (dir.), *Les guerres de mémoires.*

Paul Blanquart, *Une histoire de la ville.*

Augusto Boal, *Jeux pour acteurs et non-acteurs.*

— *Théâtre de l'opprimé.*

Lucian Boia, *La fin du monde.*

Philippe Breton, *Éloge de la parole.*

— *L'utopie de la communication.*

— *La parole manipulée.*

Valérie Brunel, *Les managers de l'âme.*

La Découverte/Poche

La Découverte/Poche

François Burgat, *L'islamisme en face.*
François Chobeaux, *Les nomades du vide.*
Daniel Cohn-Bendit, *Une envie de politique.*
Sonia Combe, *Archives interdites.*
Georges Corm, *La question religieuse au XXIe siècle.*
— *Le Liban contemporain.*
— *Orient-Occident, La fracture imaginaire.*
CriM, A. Pezet et S. Sponem (dir.), *Petit bréviaire des idées reçues en management.*
Julia Csergo et Roger-Henri Guerrand, *Le confident des dames.*
François Cusset, *La décennie.*
Sylvain Cypel, *Les emmurés.*
Adam Czerniaków, *Carnets du ghetto de Varsovie.*
Cécile Delannoy, *Au risque de l'adoption.*
Thomas Deltombe, *L'islam imaginaire.*
John Dinges, *Les années Condor.*
Alfred Dreyfus, *Cinq années de ma vie.*
Denis Duclos, *Le complexe du loup-garou.*
Shirin Ebadi, *Iranienne et libre.*
Les Éconoclastes, *Petit bréviaire des idées reçues en économie.*
Guillaume Erner, *Victimes de la mode ?*
Roger Faligot et Jean Guisnel (dir.), *Histoire secrète de la Ve République.*
Frantz Fanon, *Les damnés de la terre.*
— *Pour la révolution africaine.*
Robert Fisk, *La grande guerre pour la civilisation.*
Gustave Folcher, *Les carnets de guerre de Gustave Folcher, paysan languedocien, 1939-1945.*
Daniel Guérin, *Ni Dieu ni Maître* (2 tomes).
Roger-Henri Guerrand, *L'aventure du métropolitain.*
— *Les lieux.*
Jean Guisnel, *Guerres dans le cyberespace.*
— Libération, *la biographie.*
Theodor Herzl, *L'État des Juifs.*
Rudolf Hoess, *Le commandant d'Auschwitz parle.*
Pascale Jamoulle, *Des hommes sur le fil. La construction de l'identité masculine en milieux précaires.*
Alain Joxe, *L'empire du chaos.*
Yazid Kherfi, Véronique Le Goaziou, *Repris de justesse.*
Joseph Klatzmann, *Attention statistiques !*
Adame Ba Konaré, *Petit précis de remise à niveau sur l'histoire africaine.*
Paul R. Krugman, *La mondialisation n'est pas coupable.*
Paul Lafargue, *Le droit à la paresse.*
Pierre Larrouturou, *Pour la semaine de quatre jours.*
Serge Latouche, *L'occidentalisation du monde.*
Florent Latrive, *Du bon usage de la piraterie.*
Christian Laval, *L'école n'est pas une entreprise.*
Jean-Pierre Le Goff, *La démocratie post-totalitaire.*
— *Les illusions du management.*
— *Mai 68, l'héritage impossible.*
Pierre Lévy, *L'intelligence collective.*
— *Qu'est-ce que le virtuel ?*
Paul Lidsky, *Les écrivains contre la Commune.*
André L'Hénoret, *Le clou qui dépasse.*
Alain Lipietz, *La société en sablier.*
Gilles Manceron, *Marianne et les colonies.*
Ernest Mandel, *La pensée politique de Léon Trotsky.*
Bénédicte Manier, *Quand les femmes auront disparu.*
Armand Mattelart, *La globalisation de la surveillance.*
John Mearsheimer et Stephen M. Walt, *Le lobby pro-israélien et la politique étrangère américaine.*
Gérard Mendel, *Une histoire de l'autorité.*
Charles-Albert Michalet, *Qu'est-ce que la mondialisation ?*
Alexander S. Neill, *Libres enfants de Summerhill.*
Sven Ortoli et Jean-Pierre Pharabod, *Le cantique des quantiques.*
Bruno Parmentier, *Nourrir l'humanité.*
François Partant, *La ligne d'horizon.*
Daya Pawar, *Ma vie d'intouchable.*
Paulette Péju, *Ratonnades à Paris.*
Michel Peraldi et Michel Samson, *Gouverner Marseille.*
Philippe Pignarre, *Le grand secret de l'industrie pharmaceutique.*
Philippe Pignarre et Isabelle Stengers, *La sorcellerie capitaliste.*
André Pochon, *Les sillons de la colère.*
Bernard Poulet, *Le pouvoir du* Monde.
Dominique Poulot, *Une histoire des musées de France, XVIIIe-XXe siècles.*
Michel de Pracontal, *L'imposture scientifique en dix leçons.*
Marcel Reggui, *Les massacres de Guelma.*
Jeremy Rifkin, *L'âge de l'accès.*
— *La fin du travail.*
Marie-Monique Robin, *Escadrons de la mort, l'école française.*
Marie-Monique Robin, *Le monde selon Monsanto.*
Charles Rojzman, *Savoir vivre ensemble.*
Marc Saint-Upéry, *Le rêve de Bolivar.*
Christian Salmon, *Storytelling.*
Bertrand Schwartz, *Moderniser sans exclure.*
Amartya Sen, *L'économie est une science morale.*
Victor Serge, *L'an I de la révolution russe.*
— *Vie et mort de Léon Trotsky.*

Maryse Souchard, Stéphane Wahnich, Isabelle Cuminal, Virginie Wathier, *Le Pen, les mots.*

Isabelle Stengers, *Sciences et pouvoirs.*

Benjamin Stora, *Imaginaires de guerre.*

— *La gangrène et l'oubli.*

Charles Szlakmann, *Le judaïsme pour débutants* (2 tomes).

Annie Thébaud-Mony, *Travailler peut nuire gravement à votre santé.*

Pierre Vermeren, *Le Maroc en transition.*

Pierre Vidal-Naquet, *Les crimes de l'armée française.*

— *Les assassins de la mémoire.*

Michel Villette et Catherine Vuillermot, *Portrait de l'homme d'affaires en prédateur.*

Michel Wieviorka, *Le racisme, une introduction.*

— *Une société fragmentée ?*

Malcolm X, *Le pouvoir noir.*

Idith Zertal, *La nation et la mort.*

Sciences humaines et sociales

Louis Althusser, *Pour Marx.*

Jean-Loup Amselle et Elikia M'Bokolo, *Au cœur de l'ethnie.*

Benedict Anderson, *L'imaginaire national.*

Paul Bairoch, *Mythes et paradoxes de l'histoire économique.*

Étienne Balibar, *L'Europe, l'Amérique, la guerre.*

Étienne Balibar et Immanuel Wallerstein, *Race, nation, classe.*

Stéphane Beaud, *80 % au bac... et après ?*

Jean-Jacques Becker et Gilles Candar, *Histoire des gauches en France* (2 volumes).

Miguel Benasayag, *La fragilité.*

— *Le mythe de l'individu.*

Miguel Benasayag et Gérard Schmit, *Les passions tristes.*

Yves Benot, *La démence coloniale sous Napoléon.*

— *Massacres coloniaux, 1944-1950.*

— *La Révolution française et la fin des colonies.*

Bernadette Bensaude-Vincent et Isabelle Stengers, *Histoire de la chimie.*

Pascal Blanchard *et al.*, *Zoos humains.*

Judith Butler, *Trouble dans le genre.*

Alain Caillé, *Anthropologie du don.*

François Chast, *Histoire contemporaine des médicaments.*

Jean-Michel Chaumont, *La concurrence des victimes.*

Yves Clot, *Le travail sans l'homme ?*

Serge Cordellier (dir.), *La mondialisation au-delà des mythes.*

Georges Corm, *L'Europe et l'Orient.*

François Cusset, *French Theory.*

Muriel Darmon, *Devenir anorexique.*

Mike Davis, *City of Quartz. Los Angeles, capitale du futur.*

— *Génocides tropicaux.*

— *Le pire des mondes possibles.*

Alain Desrosières, *La politique des grands nombres.*

Elsa Dorlin, *La matrice de la race.*

François Dosse, *L'histoire en miettes.*

— *Michel de Certeau.*

— *L'empire du sens.*

— *Paul Ricœur.*

— *Gilles Deleuze et Félix Guattari, biographie croisée.*

Mary Douglas, *Comment pensent les institutions.*

— *De la souillure.*

W. E. B. Du Bois, *Les âmes du peuple noir.*

Florence Dupont, *L'invention de la littérature.*

Jean-Pierre Dupuy, *Aux origines des sciences cognitives.*

Didier Fassin et Eric Fassin, *De la question sociale à la question raciale ?*

Abdou Filali-Ansary, *Réformer l'islam ?*

Moses I. Finley, *Économie et société en Grèce ancienne.*

Patrice Flichy, *Une histoire de la communication moderne.*

François Frontisi-Ducroux, *Dédale.*

Yvon Garlan, *Guerre et économie en Grèce ancienne.*

Peter Garnsey et Richard Saller, *L'Empire romain.*

Jacques T. Godbout, *L'esprit du don.*

Olivier Godechot, *Les traders.*

Nilüfer Göle, *Musulmanes et modernes.*

Jack Goody, *L'islam en Europe.*

— *La peur des représentations.*

Maurizio Gribaudi et Michèle Riot-Sarcey, *1848, la révolution oubliée.*

Anne Grynberg, *Les camps de la honte.*

Ian Hacking, *Entre science et réalité.*

Françoise Hatchuel, *Savoir, apprendre, transmettre.*

Axel Honneth, *La société du mépris.*

Pascale Jamoulle, *Des hommes sur le fil.*

Nicolas Jounin, *Chantier interdit au public.*

Jacques Kergoat, *La France du Front populaire.*

Will Kymlicka, *Les théories de la justice. Une introduction.*

Camille Lacoste-Dujardin, *Des mères contre les femmes.*

Yves Lacoste, *Ibn Khaldoun.*

Bernard Lahire (dir.), *À quoi sert la sociologie ?*

Bernard Lahire, *La culture des individus.*

— *L'esprit sociologique.*

— *L'invention de l'« illettrisme ».*

— (dir.), *Le travail sociologique de Pierre Bourdieu.*

Bruno Latour, *Changer de société, refaire de la sociologie.*

— *L'espoir de Pandore.*

— *La fabrique du droit.*

— *La science en action.*

— *Nous n'avons jamais été modernes.*

— *Pasteur : guerre et paix des microbes.*

— *Petites leçons de sociologie des sciences.*

— *Politiques de la nature.*

Bruno Latour et Steve Woolgar, *La vie de laboratoire.*

Bernard Lehmann, *L'orchestre dans tous ses éclats.*

Prosper-Olivier Lissagaray, *Histoire de la Commune de 1871.*

Geoffrey E.R. Lloyd, *Pour en finir avec les mentalités.*

Georg Lukacs, *Balzac et le réalisme français.*

Lamence Madzou et Marie-Hélène Bacqué, *J'étais un chef de gang.*

Armand Mattelart, *La communication-monde : histoire des idées et des stratégies.*

— *Histoire de l'utopie planétaire.*

— *L'invention de la communication.*

Arno Mayer, *La « solution finale » dans l'histoire.*

Gérard Mendel, *La psychanalyse revisitée.*

Gilbert Meynier, *L'Algérie des origines.*

John Stuart Mill, *La nature.*

Michel Morange, *Histoire de la biologie moléculaire.*

Mouvements, *Pensées critiques.*

Annick Ohayon, *Psychologie et psychanalyse en France.*

François Ost, *La nature hors la loi.*

Dominique Paulot, *Une histoire des musées de France.*

John Rawls, *La justice comme équité.*

John Rawls, *Leçons sur l'histoire de la philosophie morale.*

Élisée Reclus, *L'homme et la Terre.*

Nicolas Renahy, *Les gars du coin.*

Roselyne Rey, *Histoire de la douleur.*

Annie Rey-Goldzeiguer, *Aux origines de la guerre d'Algérie.*

Maxime Rodinson, *La fascination de l'islam.*

— *Peuple juif ou problème juif ?*

Richard E. Rubenstein, *Le jour où Jésus devint Dieu.*

Fernand Rude, *Les révoltes des canuts (1831-1834).*

André Sellier, *Histoire du camp de Dora.*

Jean-Charles Sournia, *Histoire de la médecine.*

Isabelle Stengers, *Cosmopolitiques* (2 tomes).

Timothy Tackett, *Le roi s'enfuit.*

Michel Terestchenko, *Un si fragile vernis d'humanité.*

Sylvie Thénault, *Une drôle de justice.*

Francisco Varela, *Quel savoir pour l'éthique ?*

— *Les fondements philosophiques du libéralisme.*

Jean-Pierre Vernant, *Mythe et pensée chez les Grecs.*

— *Mythe et société en Grèce ancienne.*

Jean-Pierre Vernant, Pierre Vidal-Naquet, *Mythe et tragédie en Grèce ancienne* (2 tomes).

Pierre Vidal-Naquet, *Le chasseur noir.*

Michel Vovelle, *Les Jacobins.*

Loïc Wacquant, *Parias urbains.*

Immanuel Wallerstein, *Comprendre le monde.*

Max Weber, *Économie et société dans l'Antiquité.*

— *Le savant et le politique.*

William Foote Whyte, *Street Corner Society.*

John Womack, *Emiliano Zapata.*

Charles Wright Mills, *L'imagination sociologique.*

État du monde

L'État du monde en 1945.

États-Unis, peuple et culture.

Rochdy Alili, *Qu'est-ce que l'islam ?*

Bertrand Badie (dir.), *Qui a peur du XXIe siècle ?*

Serge Cordellier (dir.), *Dictionnaire historique et géopolitique du XXe siècle.*

Georges Corm, *Histoire du Moyen-Orient.*

Marc Ferro et Marie-Hélène Mandrillon (dir.), *Russie, peuples et civilisations.*

Anne-Marie Le Gloannec (dir.), *Allemagne, peuple et culture.*

Pierre Gentelle (dir.), *Chine, peuples et civilisation.*

Camille et Yves Lacoste (dir.), *Maghreb, peuples et civilisations.*

Jean-François Sabouret (dir.), *Japon, peuple et civilisation.*

François Sirel, Serge Cordellier et *al. Chronologie du monde au 20e siècle.*

CPI
BUSSIÈRE

Impression réalisée par CPI Bussière
à Saint-Amand-Montrond (Cher)
en mai 2010.
Dépôt légal : juin 2010.
N° d'impression : 101371/1.
Imprimé en France